浙江少年文学新星丛书·第七辑

海飞 主编

此间少年

周尚梵 著

浙江工商大学出版社
ZHEJIANG GONGSHANG UNIVERSITY PRESS
·杭州·

图书在版编目(CIP)数据

此间少年 / 周尚梵著. —杭州:浙江工商大学出
版社,2020.11(2022.8重印)
(浙江少年文学新星丛书 / 海飞主编. 第七辑)
ISBN 978-7-5178-4141-8

Ⅰ.①此… Ⅱ.①周… Ⅲ.①散文集—中国—当代
Ⅳ.①I267

中国版本图书馆 CIP 数据核字(2020)第194649号

此间少年

CI JIAN SHAONIAN

周尚梵 著

责任编辑	沈明珠
封面设计	林朦朦
责任印制	包建辉
出版发行	浙江工商大学出版社
	(杭州市教工路198号　邮政编码310012)
	(E-mail:zjgsupress@163.com)
	(网址:http://www.zjgsupress.com)
	电话:0571-88904980,88831806(传真)
排　　版	杭州朝曦图文设计有限公司
印　　刷	杭州高腾印务有限公司
开　　本	880mm×1230mm　1/32
印　　张	5.875
字　　数	80千
版 印 次	2020年11月第1版　2022年8月第2次印刷
书　　号	ISBN 978-7-5178-4141-8
定　　价	49.80元

个人简介

　　周尚梵,英文名Woody,12岁,就读于浙江省杭州绿城育华小学。善于观察、善于体验生活,他的文章多是从自己的生活出发,用质朴的语言表达对生活的感受。文笔流畅清新,他的文章,每个字都有情绪,每句话都有温度。习作《我的小螃蟹》曾获得第十二届全国青少年冰心文学大赛金奖,发表在《少年文学之星》上。习作《做那个追梦的少年——读〈追梦少年〉有感》曾发表在《学习报·浙江少年作家》上,其他习作也多次获奖并在校刊等刊物发表。热爱运动,曾经率队参加全国青少年橄榄球锦标赛,获得U10组冠军。

周尚梵

2016年2月在迪拜沙漠

2016年7月在澳大利亚墨尔本农场

2016年8月在英国伦敦旅游

2016 年 10 月在塞班卡丁车场

2017 年 4 月校绿超联赛进球留念

2017 年 7 月在加拿大旅游

2017 年 12 月竞选学校双语部学院长

2017年11月为学校
女孩子送上祝福

2018年2月在北海
道滑雪

2018年8月徒步攀登少女峰

2018 年 8 月游德国国王湖

Woody

2019 年 1 月参加学校英语单词比赛

2019 年 2 月泰国沙滩边捡贝壳

2019 年 8 月与比萨斜塔合影

2019年10月参加橄榄球赛

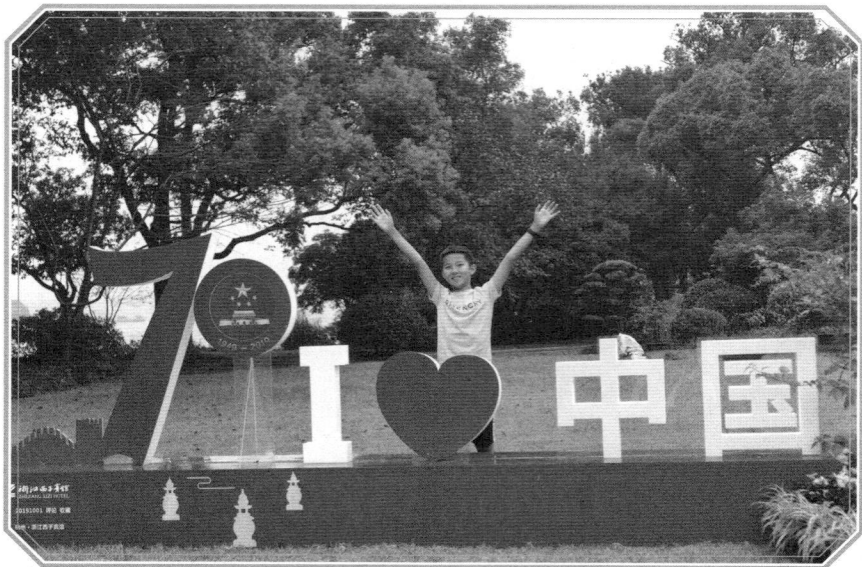

2019年10月在杭州西湖

总　序
于大地深处埋下文学的种子

　　浙江大地文脉绵长,作为培育作家的摇篮之地,历来文学巨匠云集,儿童文学的发展更是与时代共同成长。从鲁迅"救救孩子"的呐喊开始,浙江的儿童文学就开始发光发亮。而今,少年写作群落也渐渐呈现出了一派生机勃勃的势态。

　　对青少年和儿童,从某种意义上来说,同龄人的作品也许更具有相互取暖的空间,能达到心灵上一致的诉说与表达。因为他们有相同的价值观,相同的内心世界,相同的喜好与烦恼。浙江省青少年作家协会,无疑为这个群体助了一臂之力。

　　浙江省青少年作家协会邀请作家、学者与小作者进行座谈,举办审稿会,为具有一定文学创作水平的少年出版作品集。"浙江少年文学新星丛书"至今已出版六辑,入选作者最小的小学三年级,最大的也就高中二年级。一年一年,一拨一拨拥有文学天分的孩子从这里出发,创作出纷繁多样、风格迥异的作品,逐渐改变着、填补着浙江省青少年文学的空白。

"浙江少年文学新星丛书·第七辑"选取了五位小作者和两个创作组合的作品,从总体上说他们的写作还留有习作的痕迹,但每一篇章都是内心世界的真挚表达。生活中的万事、万物,对时空的想象与猜测,旅行中的见闻都是他们笔下的素材。那些小小的片段,那些细节的呈现,那些斑斓而又真实的语言,展现的是一个个诗意的世界,想象的世界,童真的世界,对现实做过剖析的世界,字里行间展示出来的可塑性和潜力让人惊喜。

张梓蘅的文字中,内向的同学、留级的同学,校园里的事,老师的课堂都是写作的素材,再加上她浙江省博物馆讲解员的经历,历史的厚重与文学的灵动在她的作品里得以体现;写科幻作品的曾诚已经出版过一部作品,这是其第二次入选,他写的科幻作品,对专业名词的运用令人称奇,空间想象能力使人脑洞大开;梁若菌用美妙的语言,描写出对景物的个人体验,对生活的独特见解,展现了一个诗意的世界;吕端伊从2008年开始,于不同年龄创作的作品有不同的趣味,在诗作上多多少少印着成长的足迹;周尚梵的作品内容主要是生活感悟,从学习、旅行、运动这些平凡的生活中提取有用的素材和值得记录的内容,小作者显然很有自己的见解与风格。

青少年的写作难免青涩，但特有的灵气更叫我们怦然心动，就像小作者吕端伊在《风的秘密》里写道的：

流星为许下心愿的孩子

在大地深处埋下种子

许下文学的心愿，你们就是那些种子，若干年后，你们破土而出、茁壮成长的样子多么让人憧憬。未来的文学森林里，是否会有你们的身影？

拭目以待。

汤汤

2020 年 11 月

序

爬山虎铺满教学楼,就像是绿色的墨水瓶倒翻似的,满眼都是绿的,绿得晶莹,绿得透亮。微风轻轻拂过,所有的绿就整齐地按着节拍飘动起来,一起一伏间隐在绿浪下殷红的小脚丫,在墙上留下一串串鲜明的脚印。一转眼,毕业已近在眼前。

小学是一个充满美好回忆的阶段。回首小学六年七彩路,一篇篇文章如一颗颗记忆的石子,闪烁着迷人的色彩浮现在眼前。教室里,小组合作学习,你与同学们绽开灿烂的笑脸,沐浴着知识的甘露;操场上,绿超联赛、橄榄球赛,你带领着同学们一起挥洒拼搏的汗水。六年中,一次次发言,都激荡着你思考的求知心;一个个活动,都留下你精彩的稚子秀。就这样，一个懵懂无知的孩童成长为一个知书达理的少年。

小学是一个见证身心成长的时期。这一篇篇文章，真率纯净，灵秀动人。你用自己敏锐独到的视角，摄取了一个个真实而平凡的生活镜头，有张有弛地展示了雏鹰练翅的动人情景。这一点一滴，记录小学六年来那溢满泪水、充满汗水和流淌笑声的日子，抒写了你的酸甜苦辣、追求向往。这一词一句，也以你所特有的方式表达了对社会、人生天真而又可爱的审视和叩问。流淌在笔尖的文字，写出了个人的自得之见，更抒发了个人的自然之情。

即将离开朝夕相处六年的校园和伙伴，踏上人生新的征程。我们知道人生之路，如同环形跑道，终点亦是起点，这里既留下了昨日的美好，也预示着更美好的未来。未来，相信优秀的你一定会用不懈的努力和执着的追求，开启学习的新篇章。那么，在这分别的时候，愿你以梦为马，不负韶华，一步一步实现自己的理想。加油，少年！

杭州绿城育华小学　雷霖

父母寄语

依然清晰地记得小学一年级开学报到的那一天,爸爸妈妈一起送你去上学的情景。那时候的你是那么的稚嫩和懵懂,对校园的事物感到陌生而又好奇。从那以后,你就成了一名住校生,也从那以后,你有了很多的第一次。第一次戴上了红领巾,第一次因为想家而偷偷地流泪,第一次在足球场上进球,第一次和同学打架,第一次在教室里发脾气,第一次去加拿大游学……转眼间,六年的光阴悄无声息地从指缝间流逝,如今的你已长成彬彬有礼、意气风发的少年。

在这六年里,爸爸妈妈欣喜地看到,你能够在学校快乐地生活,快乐地学习,始终保持着谦虚和踏实的态度,友善地与人相处并乐于助人。你爱学习也爱运动,你那刻苦训练篮球的模样,让爸爸妈妈都很感动。你还是弟弟的榜样和偶像,你们俩为我们这个家庭注入了无限的活力和希望,也为爸爸妈妈的人生增添了很多色彩。

时光飞逝,在此毕业之际,希望你能心怀感恩,感谢身边每一位老师精心的教诲和培育,六年来他们就像爸爸妈妈一样关心你,爱护你,教你知识和做人的道理。也要感谢你身边的每一位同学,感谢他们像兄弟姐妹一样陪伴你一起成长。

此间少年,不怕雨雪风霜。对你而言,未来的人生道路还很长,你还会碰到很多荆棘,但快乐总比困难多,希望每一个困难的经历都能换来你更大的进步。你是爸爸妈妈一辈子的事业,我们会一直陪伴在你身边,见证你的每一个辉煌。

同学眼中的周尚梵

　　每当他在球场上奔跑的时候，你会发现他的双脚如同猎豹一般摆动着。那舞动的身姿与那灵活的身体，会让你想起世界飞人——博尔特。在踢足球时，他有时会凌空抽射，有时会轻松过人，有时会半场吊射，都会让你张大嘴。足球就像和他心有灵犀，他可以随心所欲地控制着球。篮球场上的他更是厉害，球有规律地在他脚边弹起，又从空中落下。胯下运球、背后运球对他来说都轻而易举，投篮时那优美的弧线从空中划过，像吸铁石一般——球永远落在篮圈里。用"运动健将"这个词来形容他，那真是再恰当不过了！

——楼高鹏

周尚梵是我的好朋友，他身上有许多优点，他也是我们班的学霸。他的学习很好，基本上每次考试都能考进前三名，他也是最积极发言的那一个。上课时，当老师提出问题，我们还在思考，他就已经知道答案了，并且极有见地，课堂就变成他的"个人秀"，让我们个个敬佩不已。更让我佩服的是他对学习一丝不苟的态度。他的作业经常满分，有时候还能成为小老师，去讲台给同学讲解。他做作业速度很快，人们常说"欲速则不达"，可他既能保证速度，又能保证质量。他是"全能冠军"，语文、数学、英语、科学样样不差。周尚梵不仅学习很棒，体育更是拿手。在绿超联赛上，他作为全队的核心，带领我们班一路杀进决赛，他还获得了"银球奖"。橄榄球场上，他也是校队的灵魂人物，带领全队获得全国冠军，并在决赛上打入制胜进球，在绿茵场上，他仿佛成为主宰，我很佩服他。这就是周尚梵，学习一马当先，又能在绿茵场上展现自我。我喜欢跟他做朋友，也希望我们的友谊能地久天长。

——毛启硕

内容简介

老子云：道可道，非常道。名可名，非常名。无，名天地之始；有，名万物之母。取名《此间少年》，是作者采撷小学六年间的美好瞬间，记录童蒙学习成长中的点滴，更将这珍贵童年时光用心来典藏。

书中有与同学学习、运动的回忆，一起回望小学那美好而难忘的时光；也有对生活和阅读的一些小感悟，走进三国，了解诸葛亮，邂逅追梦少年，见证心灵的成长。在世界各地的游历中，不仅领略不同的风土人情，更领悟到中外不同的文化内涵，用心去丈量，世界变得无限大。运动更是作者生命中不可或缺的"伙伴"，蓬勃的朝气在这挥洒的汗水中飞扬。童年的想象总是漫无边际的，世界最后一个人、2050年的一天……

　　作者用他质朴的语言来还原小学生活中的每一刻欣喜、悲伤、迷惑、感动，自然而清新。每一篇文章都是他心中的琴键，在他的指间，犹如悠远的乐音，和谐而让人回味。

目录

那些美好的生活和小感悟

多彩的同学 ……………………………………………003

难忘的实验 ……………………………………………006

种瓜得瓜 ………………………………………………009

致敬逆行者 ……………………………………………012

当假期被充值 …………………………………………015

背　　影 ………………………………………………018

煨番薯 …………………………………………………021

难忘的学军学农 ………………………………………024

我家过节必吃八宝饭 …………………………………027

越剧讲座 …………………………………………030

读《三国演义》有感 …………………………033

读《诸葛亮传》有感 …………………………036

读《追梦少年》有感 …………………………039

这件事,让我明白了一个道理…………………042

寻　秋 ……………………………………………045

妈妈的童年生活 …………………………………048

清明踏青 …………………………………………051

一本有魔力的书 …………………………………054

一件令我感动的事 ………………………………057

文明小·使者 ……………………………………060

立夏斗蛋 …………………………………………063

我心目中的男生 …………………………………067

我最喜欢的一幅画 ………………………………070

迎新年 ……………………………………………072

珍爱生命 …………………………………………075

我的好朋友 ………………………………………077

男孩节 ……………………………………………079

顽强的生命 ·· 081

那些旅行中的满满收获

别有收获的野餐 ·· 085

再见了加拿大 ·· 088

旅行让生活更美好 ·· 090

寻找黑松露 ·· 093

那一片雪 ·· 097

游黄山 ··· 100

刺激的水上乐园 ··· 103

游尼亚加拉大瀑布 ·· 106

南丫岛的沙滩城堡 ·· 109

可爱的小红蟹 ·· 111

那些和运动相关的日子

我的心愿 ·· 115

难忘的加拿大小球友 ··· 119

三招打篮球 ·· 122

盼 ··124

甜 ··127

我喜欢玩魔方 ··130

一场难忘的橄榄球赛 ··132

学会宽容,学会面对事实·····································135

那些不着边际的想象

世界上最后一个人 ··139

2050年的一天 ··142

蜘蛛侠变形记 ··145

月满中秋 ··148

蚱蜢变形记 ···151

金色花 ···154

那些美好的生活和小感悟

　　做生活的有心人，观察生活中的点点滴滴，品尝酸甜苦辣各种味道，享受大自然的美，记录下这些平凡而又不平凡的日子……

多彩的同学

丰富多彩的班级活动，为我们的校园生活增添了不少色彩，而班里每一个同学都把自己的智慧和热情贡献给班集体，使我们的班级变得更加丰富有趣，色彩斑斓。

橙色的搞笑大师——程子朗。

橙色代表幽默活泼，提到这个，就非程子朗莫属了。每当下课，一些同学便会围着他，听他绘声绘色地讲各种笑话，时不时捧腹大笑。记得在上网课时，老师让同学们"表演"一下，程子朗便自告奋勇地围着他的椅子跳起舞来。他面露微笑，两只手轻轻地放在椅子上，围着它边舞边转，十分投入，好像根本听不见其他同学的笑声，连老师也忍不住开怀大笑起来。每当有人不开心的时候,他也会主动用他"美丽"的舞姿与俏皮的语言来安慰伤心的同学,而那个同学也会破涕为笑。

蓝色的稳定"学霸"——陆宇。

蓝色代表沉稳与冷静,陆宇的性格便与此一模一样。上课时,当那些捣蛋鬼在后排有说有笑时,他却能沉着地坐在前面,两只眼睛注视着老师,认真地吸取着知识,怪不得他的成绩总是那么优秀。刚开学,老师便让我们做了一次单元练习,考场中十分安静,都能听见同学们写字的"吱吱"声。朱进维一向是第一个交卷的,这次也不例外,随后同学们也开始陆续交卷,可陆宇却依然在认真地检查,直到最后一刻才上交试卷。他露出自信的神色,仿佛胜券在握,果不其然,他考了全班最高的99分。

黄色的相声之王——虞哲。

黄色代表快乐有趣,这颜色只有虞哲配得上。他每天都十分快乐,无论上下课时还是运动场上,他都面带微笑。有一次,他在班级活动中讲相声,他一边拿着快板伴奏,一边讲着幽默的语言,身子也有节奏地摇晃着。同学们在一旁看得津津有味,掌声此起彼伏。虞哲不愧是黄色的相声之王呀!

粉色的奇特"女孩"——潘泓霖

粉色代表着有一颗少女之心。我们班有一个男生,我觉得他一定配得上这个颜色,他就是潘泓霖。大大的眼睛,脸上每天都挂着奇特的笑容,眼睫毛比女生的还要长几倍,如果他有一头长发,那绝对是一个标致的"女生"。他格外喜欢粉色。有一次美术课,老师给同学们发彩纸,粉色的给女生,蓝色的给男生,可潘泓霖却边举手边大声喊道:"我要粉色,我一定要粉色!"这一喊把全班同学都逗乐了,老师也很无奈,只好给了他一张粉色的。哈哈,他真不愧是一个粉色的男生。

我们班的同学还有宝石般的绿色,曜石般的黑色和公主般的白色,等等,正因为有这些多彩的同学,才有了我们这个彩虹般的集体。(2020年5月)

难忘的实验

　　春节,本应该是举国欢庆、万家团圆、开开心心过大年的时刻。可今年却太不一样,没有了烟花爆竹,没有了探亲访友,也没有了欢聚一堂的场面。有的只是新闻上新冠肺炎确诊人数的不断变化,武汉封城,其他所有城市的大街小巷空无一人,全国陷入了严峻的疫情之中。在这疫情之下,学校的开学也被迫延迟,同学们只能在家里上起了网课。在我们的网课中,虽然不能与同学们合作,也不可以与老师近距离互动,但还是有一些非常有趣的事让我十分难忘。

　　就在上网课的第一周,我们便做了一次科学实验——

自制"鸡尾酒"。实验前,老师让我们预先准备了颜料、食用油、洗洁精、酒精、水、玻璃器皿、量杯和滴管,并且将实验的方法用视频的形式做了讲解。于是,我按步骤开始了实验。首先,我小心翼翼地用量杯量取了50 ml的洗洁精倒入杯中,接着,我又量取了50 ml的水,并在水里放入了蓝色颜料,用滴管搅匀后将它倒入装有洗洁精的杯里。水和洗洁精奇迹般地分层了,太神奇了!我兴奋地跳了起来,差点把水杯给撞翻。接下来,我又量取了50 ml的油缓缓倒入装有洗洁精和水的杯子里,跟前面一样,金黄色的油也与水分开呈现,此时杯子里形成了三种不同的颜色。这是为什么呢?带着疑问,我又急匆匆地把调成红色的酒精倒入有三种液体的杯子中,可这一次酒精并没有如预料的那样,而是竟然穿过油层和水混合起来。怎么回事?我如同丈二和尚摸不着头脑,于是又把步骤回顾了一遍,才发现原因所在:原来实验中强调倒酒精时要慢慢来,而且要沿着杯壁往下倒。我恍然大悟,原来是自己刚才太着急了,把酒精快速倒入了杯中,所以酒精才会穿过油和水混合了。实验只好重新开始。吸取了上次的教训,这次我小心翼翼地把所有材料分别沿着杯壁向下倒入了一个新的杯子，我还特意增加了油层的厚度，这样可以防止酒精向下泄漏。果然，一杯五彩缤纷的"鸡尾酒"呈现在我的眼前。它在阳光照射下闪耀着迷人的光彩。"成功啦！"我兴奋地欢呼起来。老师还告诉我们这个实验的原理，原来不同密度的液体不会相互混合，洗洁精的密度最大，所以沉在最底下，而酒精的密度最小，所以浮在最上面，再加上我给它们上了不同的颜料，这样也就构成了一杯漂亮的"鸡尾酒"。这次的实验也让我悟到了一个道理：科学是十分严谨的，每个步骤都要按部就班，即使是一个小小的失误也有可能影响整个实验结果。

在这次抗击疫情的过程中，我们的生活依旧丰富多彩，学习与运动都给我带来了欢乐。愿我们大家的生活，即使在疫情的笼罩下，也能像这杯鸡尾酒一样，五彩缤纷，精彩纷呈！（2020年5月）

种瓜得瓜

俗话说："种瓜得瓜，种豆得豆。"我的外婆在我很小的时候就告诉过我："千万不要吃西瓜子哦，不然会在你的肚子里长出大西瓜的！"从此以后，我深信不疑。每当我吃西瓜的时候，先挑出西瓜子是必须的。

记得还未上小学的某一天，妈妈买回来一个大西瓜，我目不转睛地盯着它，不禁流出了一串口水，心想：这个西瓜一定十分香甜。我边想边又不由自主地舔了舔嘴唇。午睡后，妈妈终于要切西瓜了，我一直在旁边守着。妈妈切开西瓜的那一瞬间，沁人的清香扑鼻而来，我看着那红通通的瓜瓤，上面散布着一颗颗黑色的小瓜子，就像弯弯扭扭的蚂蚁队伍。我心想：我可千万不能操之过急而吞下这些讨厌的西瓜子哦。我每次吃西瓜前都会这么想。西瓜的确香甜可口，但我不想在肚子里长出一个大西瓜呀。于是我用牙签慢慢地把西瓜子从瓜瓤中拨出，然后又翻来覆去地检查一番，最后才一口吞下，甜甜的汁水溢满了我的小嘴。但当我正在大快朵颐之时，我突然感觉一颗又硬又滑的小东西从我的喉咙中穿过，滚到了胃里。糟糕！我愣了一下，然后连忙跑去找到妈妈，惊慌失措地叫道："不好了！不好了！我不小心把一粒西瓜子给吞了！"说罢，便"哇"的一声哭了起来。我的脸色逐渐发白，心跳渐渐加速，肚子里似乎也有了膨胀的感觉。

"怎么办？西瓜会不会已经长出来了？"

我越想越害怕，不由自主地摸着肚子，生怕西瓜真的长了出来。

妈妈连忙安慰道："不会有事的，西瓜在肚子里是长不出来的。"

我半信半疑，但也缓缓地静了下来，心有余悸地问道："真的吗？"

妈妈点了点头说:"我怎么会骗你呢!"

接下来的几个晚上,我都翻来覆去有些失眠,心里暗暗地祈祷:西瓜子呀,你可千万别长成西瓜啊!

过了几天,我发现肚子仍然没有任何动静,便相信了妈妈的话。从此以后我就知道,西瓜子在肚子里是不会长成西瓜的。

再后来,一次科学课上,老师告诉我:"种子是需要光、水和空气才能长大的。"我恍然大悟:难怪啊! 原来是因为肚子里的环境不适合西瓜生长呀!(2020年4月)

致敬逆行者

　　"感染新型冠状病毒的患者不断增加!""新型冠状病毒正飞速蔓延!"滚动播报的疫情数据出现在电视屏幕上,涌现在市民的手机新闻中,牵动了亿万人的心,人们就此绷紧了神经,拉响了一级防护的警报。

　　就在这个万分危急的时刻,当人们纷纷退避三舍,把自己藏在最安全之地——家中之时,有那么一些人,他们离开亲人挺身而出,面临着被感染的风险,夜以继日地抗战在第一线,顽强地守护着整个国家和人民,他们是真正的逆行者,他们是拯救世界的英雄。

　　逆行者中,最令人敬佩的是曾经抗击非典的英雄——

84岁的钟南山老爷爷。17年前,他力挽狂澜,带领大家抗击非典,甚至有专家评价道:"这次抗击非典,如果没有钟南山,结果可能不会这样。"17年后,又是临危受命,匆忙赶往武汉,买不到机票的他只能坐在动车的餐车里。他到达武汉后立即公布了新型冠状病毒"人传人"的事实,并且给出了戴口罩、勤洗手等诸多至关重要的建议。此后,全国人民都意识到了这种病毒的危险性,各个省份陆续启动了一级响应。

不仅是钟南山老爷爷为祖国做出了巨大的奉献,还有来自我们家乡的李兰娟奶奶,她在疫情的关键时刻建议采取果断措施,阻止病毒传播。而且她也冒着被感染的风险前往武汉,为了救治更多的病人。还有更多主动请命去武汉,不为名不为利,不顾个人安危,只为祖国人民着想的白衣天使,他们也都英勇奋战在抗击病毒的第一线。他们为了节约防护物资,甚至削去了秀发,穿上了成人尿不湿,这一幕幕无不让人热泪盈眶。

致敬逆行者!不管遇上多大的困难,他们从不畏惧。是他们守护着我们的家园,是他们为我们筑起了第一道防线,也让我们众志成城,一起打赢这场没有硝烟的战争。

期待着他们的凯旋,我向逆行者致敬!(2020年3月)

当假期被充值

提到充值，大家一般都会想到话费充值、手机游戏充值。那么，有没有听说过充值的假期呢？这个寒假，我就受到了这样的待遇。

每当期末考试那天"丁零零"的铃声响起时，便是我们狂欢的时候。终于可以放假了！假期里，我们可以出国旅游，可以在球馆里打球，还可以与好朋友一起玩耍。多么希望假期可以一直持续下去，多么希望上学的日子能再减少一点。我越想越兴奋，在这样的期盼中，寒假终于到来了！

在假期快要被消耗掉一大半时，妈妈突然对我说："外面出现了一个可怕的'大怪物',传染性很强,所以你们的假期要延长了。"什么?假期延长了?我是不是听错了?我露出了惊讶的表情,心中却乐开了花。太棒了!我还可以继续玩。

一开始,我在家中过得十分有趣。和弟弟打牌,看篮球比赛……后来,学校上午开始上网课,下午我们也还可以在院子里打球,日子过得也十分充实。可是,每天盯着电脑上冷冰冰的屏幕,慢慢地,我总觉得缺了点什么……原来我是想念校园里的同学与老师了。

越是想念就越是感到百无聊赖。我闷在家中都快得"抑郁症"了!我越来越怀念校园。怀念那碧绿的四季草坪,怀念学校宽阔的大操汤,怀念美丽的小桥流水,怀念我们敬爱的老师与可爱的同学。这个校园里的每一物、每一景都蕴含着我们童年的回忆。我的小学生涯已经剩下不多的时间了,在这个毕业季,遇上了这个可怕的"怪物",又被迫享受这个被充值的假期,眼看着我与同学们能相处的时间飞快地流逝。

曾经我们快乐的日子总是那么短暂,曾经我们学习的日子是日复一日，曾经是多么迫切地想要一个可以充值的假期，可如今，却多么希望能在学校多待一日，能在教室和老师多一日的相处，能与同学们在操场上多一日的奔跑。这次充值的假期，让我明白了，当你失去一样东西时，你才会懂得珍惜它。(2020年5月)

背　影

在我的记忆中，有很多人、很多事已随着时间的流逝消失或渐渐模糊，但是有一个平凡的背影却深深地印在了我的脑海里永远不能忘怀。

那是一个灰蒙蒙的日子，这一天似乎注定了我会倒霉，犯了错误的我低着头，老师的一句句数落，仿佛一把把利剑直插我的心里。我羞愧到了极点，恨不得挖个地洞钻进去。老师把我带到外面，一路上，我沉默不语，心中却莫名的紧张，仿佛有十五个吊桶，七上八下。我十分难过，感觉所有的事物都失去了生机，我仿佛看到了它们失落的神色。

在走道尽头，一个熟悉的背影映入我的眼帘，他像一个哨兵，挺拔地立在那里，仿佛雕塑一般。一阵风吹过，翻起了他的衣角，人却依然纹丝不动。他似乎沉浸在自己的思绪中。他是我的父亲，远远地，我仿佛就能感受到他的焦虑和沉重，我的心突然"咯噔"了一下，心想：今天我是"在劫难逃"了。

父亲把我带到一处安静的地方，拉我坐下，又默默地看着我。我想：这大概就是暴风雨来临之前的平静吧！但是，我错了。他站起身，背对着我望着天空，坚定地说："过而能改，善莫大焉。下次，只要你可以改正，依旧会是我的骄傲。"我抬起头，又看到了那个背影，他高大、坚定、沉稳。我点了点头，心中暗下决心：我一定不会再犯同样的错误了。他又转过身，眼神中饱含期望，拍了拍我的肩膀："回去上课吧！"说完就往教室走去。我再次望着他的背影，这时太阳居然钻出来了，一丝阳光洒在那个背影上，显得格外耀眼，这一缕阳光仿佛也照进了我的心里，我受到了鼓舞，也昂首向前走去……

就是这个背影，时常浮现在我的脑海中，他就在那里

屹立着，也屹立在我内心深处，它承载着父亲对我无尽的

爱……（2020年1月）

煨番薯

春节,本是中国民间最隆重盛大的传统节日,但是,一场突如其来的"战役"打破了常规——一种新型的冠状病毒突袭神州大地,我们被困在了乡下外婆家。正月初的那几天,阴雨连绵,雨落在叶片上,滴在房檐上,发出"吧嗒"的响声。我和弟弟,还有表姐无奈地向窗外望去,百无聊赖的我们费尽心思想出各种各样的节目来打发时间。

有一天,表姐突然问我们:"要不要吃煨番薯?"什么是煨番薯?我们带着好奇的心情,跟着表姐来到厨房。原来外婆家的厨房里还有一个大柴灶,表姐告诉我们煨番薯是在这里做的。于是我们三人聚集在柴灶边,在漆黑的灶膛中放入废纸板和稻草等易燃物。我又拿起一小块废纸板，用打火机点燃它的斜对角，轻轻地放入灶膛里。一开始，火还只是一束火苗，如同一个人在独舞，但很快，火就蔓延到了灶膛的各个角落。这时，我就往灶膛里放了两块木头，但没想到一下子浓烟滚滚，熏得我直流眼泪。表姐说木头下面必须留点空隙，这样才可以保证有充足的氧气让木头燃烧得更充分。于是，我马上按照表姐说的，用火钳在木头下面挖了一个坑。果不其然，火慢慢地又燃烧起来，而且越烧越旺，照得我们满脸通红。此时，我心里竟生起了一丝丝火烧赤壁的奇妙联想。过了一会儿，我小心翼翼地扔了五个番薯进灶膛，在洞口目不转睛地观察着里面的动静，生怕火灭了。火焰在灶膛中仿佛是在过佳节的人们，舞动着，跳跃着，狂欢着，我时不时地拿火钳翻动一下番薯。慢慢地，火像困倦的小孩似的轻轻入睡了。这时，我们就用灶膛中的灰土和木炭，为番薯盖上一床厚厚的棉被，剩下的就是静待美食出炉了。大约十分钟后，表姐说番薯熟了，我迅速地拿起火钳，取出番薯。原本粉红色的番薯变成了又黑又脏的球炭。"这还能吃吗？"我心想。我们围着番薯等它凉了一会儿,就迫不及待地动手了。轻轻剥开番薯皮,露出那金黄色的瓤,一股香甜的气息扑鼻而来,一口咬下去,新鲜的番薯入口即化,甜甜的,糯糯的,味美极了。

这时爸爸告诉我们:"以前还没有解决温饱问题的年代,番薯可是人们的主食呢!可如今我们大家都过上了小康生活,这番薯便成了我们美味的点心。"我想,通过这个特别的春节,我们又找回了最淳朴而又原始的快乐。(2020年2月)

难忘的学军学农

　　五一小长假刚结束,学校就组织了一个五天四晚的学军学农活动。在这几天里,我离开父母,与同学一起吃、住、锻炼。在这几天里,我们团结一致,克服一个个困难。在这几天里,我们一起受罚,一起哭,一起笑,一起突破我们的极限。

　　刚到营地,下车后,一丝微风迎面吹来,让人神清气爽。一座大楼映入眼帘,它依山而建,显得那样雄伟。一片翠绿色的草地镶嵌在营地中央,让整个营地更显得生机勃勃。

　　稍做休整后,我们便开始了队列训练。教官调整了我们以前懒散的站姿,取而代之的是一个个挺拔的"军人",如同几棵松柏矗立在那里。教官也告诉了我们一些指令,如立正、稍息、向右转等等。虽然做这些动作乏味而又辛苦,但提升了我们坚持的能力和克服困难的毅力,是锻炼我们的一个好机会。

在艰苦的军训中也会有欢乐的时光,那就是大家梦寐以求的学农活动,这个活动让我们把学军的艰苦统统抛到了九霄云外,只留下对学农的期待。

那一天,阳光明媚,凉风习习,我们整队步行来到村庄。徐奶奶把我们带到了一片田地旁。放眼望去,一片翠绿,微风吹过,田中的蔬菜犹如孩子在风中跳舞。我们兵分两组——土豆组和蚕豆组,我被分配在土豆组。徐奶奶带着我们走到种土豆的地方,并教我们如何挖土豆。奶奶刚说完,大家便迫不及待地拿起锄头挖了起来。我们随便刨了几下就看到土豆了,土豆大小不一、形状各异。有的像梨,有的像娃娃,还有的像足球。女生还在旁边唱起了自编的挖土豆歌,在歌声中劳作真是太幸福了。不一会儿,一筐土豆便被我们抬回了徐奶奶家中。另一个蚕豆组,也差不多同时满载归来。那小巧的蚕豆,一个个像小婴儿似的在妈妈的手中长大。接下来,我们开始分工。有的剥蚕豆,有的清洗蚕豆,有的刨土豆皮……很快,这些拣好的菜被一一送入厨房。张婼馨与毛启硕负责炒菜,我和陆宇负责看火,被称作"柴火兄弟"。我和陆宇聚精会神地盯着一直在往上蹿的火苗,它像一个调皮的小孩子在灶膛"房子"中乱跳。我先准备几块木头,剥下几块树皮,预防火变小。如果火变得很小,我们还有几根稻草或几张纸,我们称它为"救命稻草"。我们还有一种做法,就是拿扇子轻轻地扇,火也会慢慢再旺起来。我们还不时地站起来看看正在锅里的菜,香气四溢,真想偷偷地尝一口。没过多久,一盘盘热气腾腾的菜就端上了餐桌。有薯条、糖醋排骨、水蒸蛋……让人垂涎欲滴。"酒足饭饱"后,我们下午还做了清明团子,连下午茶点心都搞定了。这一天的收获真不小。

这次学军学农中的所学所悟必将让我受益终身。在汗水中有收获,在艰苦中有欢乐,我人生中的第一次学军学农格外难忘。(2019年5月)

我家过节必吃八宝饭

不论是馋嘴的弟弟，还是对零食无动于衷的爸爸，或是要保持身材的妈妈，一提到八宝饭，谁不是嘴里立刻生出一种甜甜的、美味的感觉呢？把糯米、豆沙、桂圆、果脯等原料一齐放入锅中，单看着从锅中冒出的缕缕白烟，闻着那扑鼻而来的香味，就能够让人垂涎三尺，更何况是一口口软糯香甜的往嘴里送呢！

每当过节时，我总是迫不及待地等着那道美味的甜品——八宝饭上桌。听人说，八宝饭有各种美好的寓意。桂圆象征着团团圆圆，糯米可以补中益气，还有金橘象征着大吉大利……总之，那是一道阖家欢乐、幸福团圆的八宝饭。

外婆说做八宝饭用的米是糯米，需要加水浸泡5个小时，米粒儿用手指一按就碎即可。先要把糯米蒸20分钟，将蒸熟的糯米饭放入碗里趁热加入两勺猪油和三勺白糖搅拌均匀。再取一瓷碗，抹上一层猪油，铺上红枣、桂圆、红绿冬瓜糖丝，放入适量糯米饭压实，中间再放入适量的红豆沙压实，再盖上一匹糯米饭就可以大火蒸了。每当外婆蒸八宝饭时，我都会闻到一股甜甜的清香，总会不由自主地停下脚步，深深地吸一口气，仿佛在享受着香味的洗礼。此刻，我会不停地在脑海中想象着八宝饭的样子：糯米包着豆沙，微微泛出一点深紫色。八宝饭上有几条红色和绿色的冬瓜糖丝，几颗枣子像紫水晶一样，镶嵌在晶莹剔透的糯米饭中。我越想，口水就越不由自主地往外流，甜甜的味道从嘴里往外散，让我禁不住舔了舔嘴唇。这时，又一股白烟从锅中冒出，我慢慢地走进厨房，看到锅中的八宝饭，正如我想象的那样，白白的，微微流露出深紫色，上面也有红枣镶嵌其中，几条糖丝微微显露出来。这个时候，妈妈走了进来，我急着问道："妈妈，什么时候可以开饭呀?"

"还要一会儿呢!"妈妈回答道。

"唉!"我露出了失望的神色。

"那我晚上只吃八宝饭,我要吃三碗!"我又抬头央求道。

"好好好! 你爱吃几碗就吃几碗,妈妈就知道你早就在惦记这个八宝饭了!"妈妈用溺爱的眼神看着我说道。原来妈妈早就识破我的"小算盘"了。我失望的心情一下子抛到了九霄云外,对八宝饭更是充满了期待。

晚餐结束了,八宝饭不出意外地又被一扫而空,空盘子里只留下几条糖丝。瘫在沙发上的我,肚子已变成一个小鼓了。桌子上还摆着美味的大闸蟹,但所有人都已经奈何不了它们了。(2020年3月)

越剧讲座

我们学校的戏剧节又拉开了帷幕,戏剧节中有各种有趣而又丰富的活动,比如英语魔幻剧场秀,中华校园戏曲秀等,它让我们感受到了戏剧的魅力,同学们都深深地陶醉其中。

周五下午,学校还邀请了浙江小百花越剧团的国家一级演员朱丹萍老师,她为我们上了一堂关于越剧的讲座。越剧是中国的第二大剧种,它善于抒情,以唱为主,声音优美动听,表演真切动人,唯美典雅,极具江南灵秀之气。越剧对我来说还有另一种意义,因为它发源于我的老家嵊州,那里的每一个人都非常喜爱这种戏曲,妈妈说我在幼儿园时就可以哼几句给奶奶听呢!

　　伴随着同学们热烈的掌声,朱老师开始为我们讲解越剧了。首先她介绍了越剧的一些特点,并给我们欣赏了一些越剧的剧照,同时也介绍了她自己曾经表演过的角色。紧接着她开始让我们学唱,她唱一句,我们就一起附和一句,这一呼一应非常有趣,在这样的配合中,我们不知不觉了解了越剧的四功之一"唱"。然后我们还模仿嵊州的方言一句一句地读,发音虽然很难,却激发了大家对越剧的兴趣。听到某个人读错,大家更是哄堂大笑,这样又让我们深刻地了解了"念"。接下来,朱老师拿出了扇子和水袖这些道具,并邀请同学们上台体验。这个环节是最令人兴奋的,不管是男同学还是女同学,都争先恐后地举手,被点到的同学更是欢呼雀跃地跑上讲台,有模有样地学起了如何用扇子,如何甩水袖。我发现男生们做得一点都不比女生差,上台的同学还得到了意外的惊喜。就这样,我们在切身的体验中又大概了解了越剧的"做",它是通过手、眼、身、法、步表现人物的不同心理状态。至于最后一功"打",朱老师说它是传统武术的舞蹈化,是生活中格斗场面的艺术提炼。此时,我的脑海里似乎闪过了这样的画面,不知道和我想象的是不是一样。最后老师还简单介绍了越剧的 13 个流派,由于时间关系,她无法给我们一一演唱。最让我们意想不到的是,我们竟然是在学步中一个班一个班有序地离开演播厅,结束了这次有趣的讲座。

　　一个多小时的时间过得真快,我们还意犹未尽呢!同学们都收获满满,既学到了知识,又陶冶了情操,真希望还能有这样的讲座!(2019 年 5 月)

读《三国演义》有感

      《三国演义》是我国古代四大名著之一，作者是元末明初的小说家罗贯中。这本书主要描写了魏、蜀、吴三国鼎立、互相争战的历史过程，刻画了几百位叱咤风云的英雄人物，描绘了群雄逐鹿、斗智斗勇的精彩场面。

      其中的人物，一个个都栩栩如生，仿佛就在我眼前似的。有的英勇好战，有的足谋多智，还有的义重如山。有神勇的关羽，过五关斩六将；有骁勇的张飞，长坂桥喝退百万雄兵；有胆大的赵云，勇猛的吕布；等等。这些英雄好汉，一个个都让人敬佩不已。

      在几百个英雄好汉中，我最喜欢足谋多智的诸葛亮。

他手握一把带有白色羽毛的小扇子，身穿一件长袍，头戴纶巾，看起来非常文雅潇洒。他对刘备忠心耿耿，用智取胜。他会观察气象，懂得对方心理特点，巧妙地使用骄兵计、疑心计、反间计、空城计等，让敌方军队落荒而逃。

我最喜欢的故事当然也是关于诸葛亮的，那就是草船借箭。周瑜让诸葛亮三天之内拿出十万支箭，否则只有死路一条。诸葛亮答应了，只是借了几艘船，船上布满了稻草"士兵"，便开始默观气象。到了第三天夜里，诸葛亮叫人把船连起，然后朝北岸驶去。当时，天雾蒙蒙的，伸手不见五指。来到曹营前，他命人擂响战鼓高声呐喊。曹操大惊，命人放箭。当雾散去，船上的草人身上已经密密麻麻布满了箭，然后他们快速返回了营地。就这样诸葛亮不费吹灰之力，轻而易举地在短短三天之内，获得了十万支箭。看到这里，我深深地被他所折服了。他用自己渊博的知识与周密的计划，完成了貌似不可完成的目标。

《三国演义》是一本生动形象的著作，也是一篇诉说英雄的诗篇，更是一座智慧的宝库。精彩的故事，生动的人物，深厚的感情，合并起来才创作出这么一本使人浮想联

翻的历史巨作。我很喜欢这本小说,我更希望像小说中的诸葛亮那样,拥有丰富的知识与料事如神的睿智。(2019年2月)

读《诸葛亮传》有感

　　在这个暑假里，我畅游在书海之中，品味着阅读给我带来的快乐。在我琳琅满目的书架中，我最喜欢的一套书就要数《诸葛亮传》了。

　　诸葛亮是一个大家并不陌生的人物，在《三国演义》中，他运筹帷幄，深谋远虑，通晓天文地理和兵法，让我十分佩服，就这样他成了我的偶像。当我看了《诸葛亮传》后，我才发现《三国演义》对诸葛亮的细节描写过于夸张，民间传说也都给诸葛亮蒙上了一层神秘的色彩。

　　真实的诸葛亮是一个足智多谋、处事冷静、谦虚大方、忠心耿耿的人。6岁时便失去了父母，14岁时，因为遇见曹军,带领全家一路南迁躲过追杀。20岁时被称为"卧龙"。26岁时对3次来访的刘备说了356个字,为蜀国打下了良好的基础。后来诸葛亮一直协助刘备,建立蜀国,直到54岁时在五丈原与世长辞,为蜀国鞠躬尽瘁。

让我记忆最深的是激将孙权抗曹。诸葛亮面对孙权毫不惊慌,摸透了他的心思,运用激将法让孙权答应共同抗曹。他还出计——运用火攻。果然大战之日大败曹军,把曹操赶回了北方,获得了赤壁之战的胜利。

还有一件事,记得诸葛亮在荆州上学时,去请当时的"名人"——庞德公,为大姐做媒,而庞德公提出了对弈的要求。诸葛亮毫不惊慌,依照他的老师教给他的方法,看穿了对方心思,突然一着大胜庞德公。最后诸葛亮成功地请到了他。

在我们的现实生活中,"诸葛亮"也无处不在。我的爸爸就是一个"诸葛亮"。记得在一次足球比赛前,因为对手十分强大,他先详细地分析对手以及我们的特点,然后给我们设置了一套防守反击的战术。在比赛中,他又根据场上情况,随机应变,帮助我们以弱制强战胜了对手。又比如我也是一个"诸葛亮"。有一次,我与伙伴们去一个旅游景点的村子里"探险",结果迷路了……小伙伴们非常焦急,一个个像热锅上的蚂蚁急得团团转,这时,我想:如果是诸葛亮,他会怎么做呢?我冷静地思考起来,我记得我们的"阵营"就在村子里面唯一的小河边,于是我竖起耳朵,循着水声,带领大家回到了"阵营"。从这些生活中的事例,我懂得了,原来只要勤动脑,就会拥有智慧,就能成为"诸葛亮"。

这本书讲述了一个伟大的历史人物,诸葛亮在作者生动的描写下活灵活现,诸葛亮与书中其他人物仿佛都出现在我的眼前。当看完这套书时,我沉浸其中回味无穷。在生活和学习中,我也要向诸葛亮学习,像他一样成为一个有智慧、有品德的人。(2019年8月)

读《追梦少年》有感

这个暑假，我读完了美国作家路易斯·萨奇尔的书——《追梦少年》。故事中的主人公是一个叫西奥多的非洲裔美国男孩，他曾因为斗殴而被送进翠湖营，在一个青少年教养所里挖洞。在挖洞时，他被一只蝎子在胳膊上蜇了一下，疼痛直往胳肢窝上蹿，他便到处抱怨自己的胳肢窝有多痛，这使他得到了"胳肢窝"这个绰号。十四个月后，西奥多从翠湖营回来了，他想让生活回到正轨，就给自己定下了五个目标：第一，从高中毕业；第二，在奥斯汀社会学院就读两年；第三，成绩优秀，转入得克萨斯大学就读；第四，不再干蠢事；第五，甩掉"胳肢窝"这个绰号。但是因为"X光"的出现,他的生活大变样,他的每一个决定都让他离自己原先制定的目标越来越远。

这本书中,最让我记忆深刻的情节是西奥多在帮市长挖沟时,遇见了一个叫"X光"的男孩。他鼓动西奥多和他一起去卖凯拉——一位女歌星的巡演门票。由于供不应求,票价一路涨到了每张300元,在卖到只剩最后两张票时,好心的西奥多决定留下这两张票,带他的邻居金妮——一个患脑瘫的女孩去看演出。可"X光"抵挡不住金钱的诱惑,偷偷地又把票卖给了别人,然后给了西奥多两张假票。结果假票被发现了,西奥多和邻居也差点被警察抓走,还好有凯拉出手相救,才让他们看到了演出。因此,他和凯拉成了朋友。

读完这本书,我觉得西奥多一直努力想甩掉"胳肢窝"这个绰号,因为他想甩掉以前在翠湖营的经历,想要改过自新。我认为,人只要能够认识到自己的错误并努力改正就能成为一个有用的人,甚至可以获得很大的成功。我还觉得西奥多是不幸的,因为他不但去过少年教养所,而且结交了一个叫"X光"的见利忘义的朋友,差点又要被惩罚,也因此让他和自己的目标背道而驰。这大概就是"近朱者赤,近墨者黑"吧。但同时他也是幸运的,因为他有一个像凯拉这样真心的朋友,在关键时刻帮助他。他让我明白,交友是人生中极其重要的,如果交到一个好朋友就能受益无穷,如果交到一个损友,就会不断地受到伤害。也只有真诚相待,才能成为真正的朋友。

我们每个人都要像凯拉的那首《小小步伐》一样,拥有自己的目标并努力去实现,我也希望自己能成为一个有梦想的少年。(2018年8月)

这件事,让我明白了一个道理

也许是因为这个学期的活动太丰富了,同学们变成了脱缰的野马,自由散漫,心都收不回来。学校特意组织了五年级全体学生参加学军学农活动。听到学军,我会想起电视屏幕里天安门外那整齐而庄严的升旗仪式;听到学农,我会想起书本里那些在田野里奔跑嬉戏的孩子。当老师宣布这次活动时,我异常兴奋,脑海里不时地想象着基地的各种样子。

学军学农开始的时候,大家也是嬉皮笑脸,但是,教我们的教官一脸的严肃,一天到晚板着脸,几个爱搞笑的"调皮捣蛋"很快也败下阵来。学军首先是站军姿。教官要求,整个身体只能有两种姿态,站如松,坐如钟。面对这样严格的要求,我有些担忧,因为我最受不了太阳的烘烤。可是每天我们都必须站两个小时的标准军姿。已入夏,绿茵茵的草坪仿佛能流出油来,阳光火辣辣地烧灼在脸上,因此我站了不一会儿,脑门子和脸上那些不争气的水珠全都冒了出来,在我脸上肆意流淌。教官带着他那一脸冷酷的表情,时不时地在我面前走过,吓得我连手指都不敢动一下,又哪敢用手去擦汗?汗水顺着脸颊往下流,我感到脸上有无数只小虫在爬动。我尽量咬着牙坚持着,感到世上最痛苦的事情,莫过于此了。十分钟、十五分钟……时间过得好慢呀,好像比蜗牛爬得还要慢,我似乎听到了汗水滴落在地的吧嗒声,真想拿起水杯,大口地喝上几口。我心中甚至有些痛恨教官,这么折磨我们。此刻我已经没有力气了,但还是昂首挺胸地站着,心想:再坚持一会儿,就可以去喝水休息了。坚持着,坚持着,终于,教官吹响了口哨,我们如释重负,一个个瘫倒在地。熬过了艰难的站军姿,我心中的痛恨早已烟消云散,代替的是无尽的轻松惬意和成功的喜悦。

军训很快就结束了,虽然我们在这期间受尽了"折磨",但还是感觉收获很多。军训不仅让我体验了军人艰苦朴素的生活和吃苦耐劳的精神,更让我明白很多事情没有成功的捷径。古人云:锲而舍之,朽木不折;锲而不舍,金石可镂。当我们面对挫折,当我们遭遇阻碍,要勇往直前,不屈不挠,最终一定会战胜困难。坚持就是胜利。

(2019年6月)

寻　秋

　　秋天是一个奇妙的季节,悄悄地,静静地,把炎热的夏天赶走了。秋天更是一个美丽的季节,漫天的红叶在秋风的吹拂下,在空中翩翩起舞。秋天还是一个成熟的季节,各种各样的收获正在静静地等着我们呢!

　　农民伯伯的收获是稻田里的庄稼丰收了,果农们的收获是满园果子高高挂在枝头,而我们的收获,是学习和能力的成长。金秋十月,我们学校的橄榄球校队远上北京,参加全国锦标赛夺得了杯级冠军。这是我们第一个全国冠军,更是我们辛勤付出、刻苦训练换来的收获。不仅如此,在这次西湖区田径运动会开幕式上,我们橄榄球队在

寻
秋

045

万众瞩目之下成功地列出方阵。那整齐的步伐,那抖擞的精神,无不展现出我们的技术和实力。这些收获的果实,让我尝到了胜利的甜蜜,更感受到了成功的自豪。而让我最记忆犹新的是,在今年的初秋时节,我与双语部的同学们去了远在千里之外的加拿大游学,我们在那里更是收获满满。第一次来到一个陌生的地方,我以为自己会很想念家乡。但那里的住家非常友善,他们每天准备了许多丰富多彩的活动让我"乐不思蜀",精心烹饪的食物更是让我大饱口福。每天晚上他们都会陪我一起聊天、看电视、玩拼图……在这里,我收获了珍贵的友谊。加拿大当地的老师也帮我们计划了一次有趣的野营,从山脚下徒步登上了顶峰。我们俯视整片枫树林,看到那些五彩缤纷的枫叶在树上摇晃着,就像一张张可爱的笑脸。晚饭后我们一起嬉戏,玩了最喜欢的Bingo。临睡前,还在外面烤棉花糖,那一刻,撒下了我们的欢声笑语,大家都玩得不亦乐乎。在这里,我收获了无穷的欢乐。在Holy Cross学校里,7个习惯与STEAM课程是最受欢迎的,课堂上老师生动形象的讲述让我们更容易理解。在这次学习中,我对团队合作和创造力也有了新的领悟。在这里，我收获了丰富的知识。

在这个美丽而又成熟的季节，我们要寻找更多秋天的足迹，还要一一去体会和享受从中获得的快乐。(2019年4月）

妈妈的童年生活

"池塘边的榕树上,知了在声声叫着夏天……"我看着晴空万里的天空和暖洋洋的太阳,心情很愉悦,还唱起了《童年》这首歌。这时,妈妈突然对我说:"你也会唱这首歌呀,这可是妈妈小时候经常唱的呢!"我不禁停了下来,好奇地想:妈妈的童年会是什么样的呢?

于是,我开始"采访"起了妈妈。我的第一个问题当然是关于她童年时的小学风貌了。我一边盯着妈妈,一边心里想象着妈妈的学校:绿绿的草坪,一座高大的教学楼,同学们三三两两踩着铃声走进各自的教室……我又看了看妈妈,期待着她的回答——应该是一座和我想象中相像的学校吧。妈妈思考了一会儿,告诉了我一个大失所望的答案:"我们以前根本没有固定的教室,随便找一间空房子,摆几张桌子凳子就可以开始上课了。"我惊呆了,心想:原来妈妈小时候连固定的教室都没有,更别说美丽的校园了。可为什么会这样呢?我心中的疑惑越来越多。我又发现妈妈望着天空,仿佛在回忆着什么。突然,妈妈眼睛一亮,好像是想到了一些有趣的事,边笑边说:"记得有一年冬天,我们在一间平房里上课。当时没有暖气,下课时同学们只能依靠在墙上互相挤来挤去来取暖。"妈妈一边做动作一边继续说,"久而久之,在一场大雪后,这个平房的那堵墙竟然斜了,我们只好又另外找了一个空房子上课!"我听完"扑哧"一声笑了出来。我还从来没有听说过这种事呢,真是让我"大开眼界"了!

接着,我又想:妈妈放学后会做什么呀?她会去做作业还是邀请同学们来家里玩呢?我又迫不及待地问了妈妈,妈妈不假思索地答道,好像知道我要问什么似的:"哪里有的玩,每次回家一放下书包都要帮外公外婆干家务。在乡下,大人有干不完的农活,小孩都得帮忙割草、扫地……在夏天，更是热得汗流浃背！"我又吃了一惊，想：原来妈妈的童年这么艰苦啊！我们从来都是衣来伸手饭来张口，想有什么就有什么，多幸福啊！

我又问妈妈："你们的学习环境这么差，生活又那么艰苦，难道就没有什么愉快的经历吗？"妈妈脸上露出了微笑，说："有，当然有！以前大家割完稻都会将稻草捆起来放在空旷的地方晒，到了晚上，风清月明，我们就会在稻草堆里玩捉迷藏的游戏。"我听到这里，心里既兴奋又羡慕，多好玩呀！"有一次，一位小男孩，因为很长时间没有被找到，竟在稻草堆里睡着了，急得他的父母到处找。"这时，我已经开始想象着自己也在玩这个游戏，我一定会把所有人都找出来的。真是太有趣了！

妈妈的童年是艰苦、努力、有趣、快乐的。但和妈妈的童年相比，我们是幸福的，所以我一定会好好珍惜现在美好的童年时光，做力所能及的事来帮助爸爸妈妈。(2020年1月)

清明踏青

唐代诗人杜牧曾经在《清明》中写道："清明时节雨纷纷，路上行人欲断魂。"可今年的清明节这天，别说是"雨纷纷"，连一滴雨都没见到。相反，艳阳高挂空中，照得人暖洋洋的，微风拂过，更是令人精神抖擞，这正是我们去踏青的好时节。

吃完早饭，我们便跑出外婆家的屋子，与小伙伴们欢蹦乱跳地来到了田野里。远远望去，田野上一片金灿灿的，在绿树的映衬下显得格外明亮。呀！原来是油菜花啊！它们在微风的吹拂下，左右摇摆，像是在跳舞，又好像在向路人招手，欢迎我们来到这广阔的田野呢！我采起一朵花,仔细观察,花瓣是淡黄色的,花蕊像一个调皮的小孩子,正向我们做鬼脸呢! 这时,我又看到另一种白色的小花,也采下一朵,更加仔细地与油菜花对比起来。小花与油菜花长得真像,似乎是一对双胞胎,我不知道这是什么花,便跑去问妈妈。她看了看,脱口而出:"这也是油菜花,只不过是白色的!""哇! 原来还有白色的油菜花啊!"我像发现了一个新大陆似的,心里别提有多高兴了,心想如果能找出一朵蓝色的油菜花,那该有多好啊! 几只蜜蜂在花丛中穿梭着,发出"嗡嗡"的声音,它们忙碌的身影给春天增加了几分生气。燕子从天空中划过,轻快地歌唱着,仿佛在告诉人们:"春天来了! 春天来了!"喜鹊也飞过来,为春天的到来报喜! 我又向田中眺望,农民们正在耕种,他们的辛勤劳作,换来的一定是秋天的丰收。我也不禁想起了一句谚语:清明前后,种瓜点豆。怪不得农民们那么努力地耕种呢!

我们继续往前走,不知不觉中就来到了墓地。妈妈告诉我,这里是先人们安息的地方,我们来这里就是为了纪念他们。我想"扫墓"顾名思义,应该就是清除墓旁的树叶和垃圾吧。于是我便拎起比我个头还高的竹编扫把奋力地扫了起来。顿时，树叶、尘土一起飞扬，呛得我不停地咳嗽。爸爸走了过来，告诉我："不要太用力，要掌握正确的方法。如果往左边扫，就把右手放下面，往右扫，就把左手放下面，这样可以控制方向和力度。"我很快听懂了，继续扫地。我不知疲倦地扫了很久，仿佛把烦恼都一扫而空，广阔的天空变得更加碧蓝，温暖的阳光变得更加灿烂……

　　春姑娘打开了春天的大门，带来了一片生机。在这样的清明时节踏青郊游，不禁又让我想起韩愈的《晚春》："草木知春不久归，百般红紫斗芳菲。"草木尚能如此，何况我们呢？我暗暗地为自己鼓了一下劲……（2019年4月）

一本有魔力的书

在一个周六的傍晚,窗外雪花飞舞。昏暗的霓虹灯下,草地与路面一片雪白,如同一件白色的棉袄披在大地上。在一间温暖、明亮的屋子里,母亲已准备好了丰盛的晚餐,正要开饭,却发现可爱的儿子——可可不见了。母亲有些不开心地对父亲说:"你怎么不去叫儿子吃饭啊?赶紧去客厅看看他在干什么?"父亲很不情愿地起了身,缓慢地往客厅走去。

来到客厅,四周静静的,只看见儿子瘦弱的小身板整个趴在地上,不知在干什么。父亲悄悄地走过去,一看,原来小家伙在看书啊! 只见他痴痴地盯着地上的书,目不转睛地读着,连父亲走到跟前都没有察觉。父亲真的不忍心打扰他,可吃饭的时间到了,时间观念超强的母亲已经在催了。他不得不狠下心,轻轻地拍了一下儿子的肩膀,温柔地说:"儿子,晚餐时间到了,赶快去吃饭吧!"儿子仍旧纹丝不动,似乎没有听见。父亲没办法,只好走到他前面,拿起书,再一次让儿子起身吃晚饭。儿子无奈地站起来,恋恋不舍地走向餐厅,看到美味的佳肴,心想:我还是迅速把晚饭吃完,就可以再去看书了。而父亲呢?正当儿子走向餐厅时,他好奇地看了一眼这本书,虽然只读了两行字,但就像儿子一样,被它深深地吸引了,陶醉在这个引人入胜的故事里。他看着看着,读着读着,便把所有的事都抛在了脑后。

这时,儿子已经开始狼吞虎咽地吃了起来,嘴角上泛着亮晶晶的油光。母亲来到桌旁,看到父亲反而不在了,觉得很奇怪,心想:"刚刚不是去叫儿子了吗?可现在,怎么儿子回来了,他又不见了呢?"母亲又静静地等了几分钟,依旧没有看到父亲回来,忍不住对儿子说:"你去找找父亲,快叫他过来吃饭。"儿子迅速地离开了餐桌,一路小跑着来到客厅。他看见父亲也和他刚才一样的姿势,趴在地上目不转睛地盯着书看,心想:"原来你也觉得这本书有趣啊!"儿子轻轻地走过去,在父亲的旁边安静地趴了下来……

　　这是一本多么有魔力的书啊,竟让这对父子如此的废寝忘食!(2018年12月)

一件令我感动的事

时光流逝,日月如梭,有些记忆会随着时间的消失而褪色,但有一件事却让我历历在目,感动不已。

那是一个夏天的体育课上,艳阳高照,我们正在刻苦训练橄榄球。正当我们你追我赶时,我不小心摔了一跤。由于天气炎热,裸露的膝盖被草坪磨破了,顿时血流不止,加上汗水的渗入,我瞬间感到一股钻心的疼痛,无力地倒在了地上,痛苦地大喊"老师"。还没等老师过来,楼高鹏和朱进维就已经冲到了我面前,"伤哪里了?""很痛吗?"……他俩急切地问我。我哪里还有心情回答他们,看到我满脸痛苦的样子,他俩一起把我扶了起来,搀扶着我一瘸一拐地走向医务室。烈日暴晒着大地,由于受伤的腿已不敢使劲,我整个人几乎都压在了他俩的身上。尽管如此,一粒粒汗珠依旧从我的额头上滴落下来,再看看身旁的朱进维和楼高鹏,身材都没有我健壮的他俩更是大汗淋漓。这时,朱进维问:"这样走痛吗?"我突然心里一暖,心中的感动油然而生,回答道:"不……不痛!"楼高鹏也关心地说道:"如果痛,就再往我身上靠,慢慢走,不着急。"他俩扶着我继续往前走,小心翼翼地继续承受着我大部分的重量。

到了医务室,医生帮我止了血,涂上消毒用的碘酒,又帮我简单地包扎了一下,渐渐地,伤口的疼痛感没那么强烈了。这时我望向门外,楼高鹏和朱进维仍然在烈日下等着,还时不时地朝医务室内探望。我问道:"你们怎么还不回去啊?"他们说:"我们还要扶你回去!""不用了,我能自己走回去。"我朝他们喊道。他们却异口同声地说:"没事,我们一定要扶你回到教室。"这句话深深地印在了我的脑海里,顿时,我热泪盈眶。这一刻,我为之感动。

古人云:"人生所贵在知己,四海相逢骨肉亲。"是啊,

有什么能比友谊更珍贵呢？我会把这一份友情珍藏在心里,直到永远!(2019年4月)

文明小使者

"丁零零",放学的铃声响起,安静的校园瞬间变得沸腾起来。同学们从一天劳累的学习中放松下来。小明和往常一样,来到他妹妹的教室,接上她一起回家。

一路上,妹妹把今天学到的垃圾分类知识,一五一十地讲给小明听。就在这时,他们看到了眼前的地面扔满了垃圾,令人百思不得其解的是,明明旁边放着一个垃圾桶,可为什么垃圾还是散落了一地呢?妹妹想到了老师在课上的教导:"如果看到地上有垃圾,一定要马上捡起来,扔进垃圾桶。垃圾可是会污染我们美丽的环境哟!"妹妹二话没说就跑过去开始捡垃圾,而小明却毫不在意地说道:

"妹妹,这件事不用我们管,明天一早,清洁工人自然会来清理垃圾的,我们还是赶紧回家吧!"妹妹却没有听小明的话,固执地把老师的话又跟小明讲了一遍,继续埋头捡垃圾。小明顿时觉得脸红了,觉得妹妹虽小,但比他讲文明,开始后悔自己刚才说了不该说的话。他急忙过来帮妹妹一起把垃圾捡进垃圾桶,随着地面越来越干净,兄妹俩的心情也越来越好。在垃圾所剩无几时,小明想到了一个主意,他说:"虽然这次我们把垃圾捡起来了,但下次人们不被提醒,还是会把垃圾扔在外面,我觉得应该贴一个告示,提醒大家注意。"

"这个主意太棒了!"妹妹兴奋地说着,"哥哥,你考虑得真周到!"

小明迅速地从书包中拿出一支笔和一张纸,工工整整地写上了几个醒目的大字:文明——只差一步。他把它张贴在了垃圾桶上。做完这些,兄妹俩安心地背上书包,乐滋滋地回家了。

古人曰:勿以恶小而为之,勿以善小而不为。虽然捡垃圾和乱扔垃圾都只是一件小事,但对保护环境却有很大的影响,希望所有人都能行动起来,从自己做起,为创造美丽清洁的环境贡献自己的一分力量！人人争做文明小使者!(2018年12月)

立夏斗蛋

中国传统有二十四个节气,每个节气都有其特定的意义,代表了当时的气象条件和万物的变化。比如到了惊蛰时节,我们可以听到雷声,蛰伏在地下冬眠的虫儿们也都开始跃跃欲试,人们开始耕种;又比如霜降,它是秋天的最后一个节气,意味着气候已渐寒冷,冬天即将来临。这二十四个节气中,给我留下最深刻记忆的却是立夏,因为正是那天,我第一次玩了"斗鸡蛋"这个游戏。

记得那是我上三年级时的一天,我和弟弟放学回到家。爸爸端出了一个盘子,里面放着六个鸡蛋。我百思不得其解,搞不懂爸爸葫芦里到底装了什么药。爸爸似乎看懂了我们的心思,神秘地说:"今天是立夏,我们要玩一个小游戏——斗鸡蛋。爸爸小时候,在立夏这一天都会玩这个游戏。"

说完,爸爸让我们每人先选两个自己最喜欢的鸡蛋。我向盘里瞅了瞅,看中了两个又胖又圆的蛋,拿在手上仔细端详了一番说:"我就选它们了!"弟弟也拿了两个鸡蛋,但他那两个又尖又瘦。我心想:弟弟的鸡蛋那么瘦小,我一定能斗赢他。剩下的两个鸡蛋当然是归爸爸所有了。我和弟弟摩拳擦掌,迫不及待地准备奋力一战。我们刚以为爸爸要宣布开始了,可他却别出心裁地说:"我们先给鸡蛋'化个装',怎么样?"我和弟弟相视一笑,异口同声地说:"这个主意太棒了!"说完,我们就自由发挥起来,把鸡蛋画得五颜六色,活像几个小人偶。画完鸡蛋,我又提出了一个想法:"我们要不要给每个鸡蛋取一个名字呢?"爸爸回答道:"当然可以!"我们又开始脑洞大开,给鸡蛋取有趣的名字。我的鸡蛋取名为"库里"——一位篮球明星和"白毛小鬼鬼"。爸爸和弟弟也选了自己喜欢的球星"哈登"和"詹姆斯"来命名。

一切准备就绪，爸爸宣布比赛正式开始了。第一轮，是我对弟弟，我拿起我的"库里"，用一头敲向弟弟的"詹姆斯"，只听到"咔嚓"一声，有鸡蛋裂了。我的心一下子被提了起来，我半眯着眼睛，希望破的是弟弟的鸡蛋。可我并没有听到他叹息的声音，反而是他欢呼雀跃的笑声。我知道情况不妙，睁开眼，向我的鸡蛋看去。只见我的"库里"出现了一条长长的裂痕，我既悲伤又心痛，却只能"败下阵来"。第二轮，弟弟对阵爸爸，爸爸小心翼翼地把较尖的一头面向弟弟的鸡蛋，只是轻轻一撞，弟弟的"詹姆斯"却已经四分五裂了，而爸爸的却毫发无损。这让我看得目瞪口呆，心想：爸爸是怎么做到的呢？最后一轮，我拿起最后一个鸡蛋对战，面对爸爸的"无敌鸡蛋"——"哈登"，我决定来一次"绝地反击"，心想这一局一定要赢。我拿着鸡蛋用力撞向爸爸的"哈登"，但遗憾的是，我的"白毛小鬼鬼"又被"哈登"打得落花流水。我和弟弟都垂头丧气地望着爸爸手中的"蛋王"，像两只斗败的小公鸡。看来还是爸爸有经验，明年立夏我一定要做"蛋王"！

斗鸡蛋这个游戏真有意思，但不管是胜利的"哈登"还

此间少年

是被打得落花流水的"白毛小鬼鬼",最后都变成了我们美

味的立夏晚餐,哈哈。(2019年3月)

我心目中的男生

大家心目中的男生是勇敢、善良、机智的。而我心目中的男生也是这样的，这个人就是我的弟弟——周昊梵。

优秀的男生学习棒

他个子矮矮的，两个大眼睛炯炯有神，一张小嘴能说会道，一笑起来，两个小酒窝露在脸颊上，十分惹人喜爱。他虽然个子矮，能力却一点也不弱。学习上，他向来十分努力。考试前，总能看到他刻苦复习的身影，甚至放弃玩耍和休息的时间。可想而知，他的考试成绩也一定在班里名列前茅。考得高分后，他也不骄傲，反而更加努力。书籍是他最好的朋友，每当空闲之时，他就捧起一本书，像一只恶狼似的,贪婪地吸吮着知识。有时,都快到废寝忘食的地步了!

优秀的男生责任强

我的弟弟不仅学习好,管理班级也是他的强项。这个学期,他成功竞选到了班长。班长要做的事,他都不敷衍,总是一本正经地去完成。连他班里的同学也不叫他的大名,只叫他"班长"。记得有一次,他的班里有一名同学犯了错误,班长亲自把他带到了老师跟前,让他向老师道了歉。周昊梵的尽责尽力也获得了爸妈的好评。

优秀的男生爱运动

在球场上,他也是名副其实的球星。记得在学校的绿超联赛里,他们班第一场迎战四(8)班。他带着兄弟们在球场上奋勇拼搏。只见一位同学将球传给我的弟弟,他毫不犹豫,一脚凌空暴射,球像一枚出膛的炮弹,直奔对方球门。对方守门员还没来得及反应,球就已经飞入网窝了。他就这样,带队一路斩杀,获得了第四名的好成绩。在篮球场上,他也所向披靡。不管多大的困难,他都一一克服。称他为"球星"实在不为过。

我的弟弟是一个勇敢、努力、机智、活泼、可爱的男生。这样的人,怎么不会成为大家心目中的男生呢?(2020年1月)

我最喜欢的一幅画

世界上有不计其数的画,有著名画家所作,也有幼儿孩童所画,但我最喜欢的要数《我的父亲》了。

这幅画是我们的老师给我们欣赏的,通过老师对这幅画的讲解,我被它深深地吸引了!

这是一幅既悲伤又有一点喜悦的画,画的主体是一个老人,作者把人物的每一个细节都刻画得深刻、有力。仔细看,一双黑洞洞的眼睛,让人心生怜悯。高高的鼻梁挺立着,与他坚强不屈的性格相呼应,嘴唇也十分干裂,仿佛好几天都没有喝上水了。黝黑的脸上爬满了皱纹,犹如小刀一下又一下地镌刻上去的,那是一张饱经沧桑的脸。显而易见,这位父亲是一个劳动者。他的耳朵上还架了一只油笔,让我感受到他对知识的渴望。

他身后,是一片金黄的"麦海",他手上端着来之不易的水,露出了久违的笑容,体现出了丰收的喜悦。他瘦削的手只剩下一层皮包着骨头,食指根部还用布简单地包扎着,估计是在劳作时受伤了。但他还是用那苍老的手捧着自己艰辛、努力的回报。这一刻,他的心跳跃着,他张着嘴,好像要说:"我的辛勤劳动,终于有了回报!儿子,你看!"

这幅画让我深深地感受到了父爱之伟大。这幅画不再是一幅画,而是儿女对父亲的感恩。我想,天下所有的父亲都是这样的,不管处于什么地位,他们对儿女的爱都不求回报,处处为子女着想。《我的父亲》这幅画让我深刻地感受到了这点!(2020年1月)

迎新年

　　新年快要到了,双语部决定各班举行一次迎新活动。大家在这个忙碌的一周中,兴高采烈地准备起来。我们有些人担任主持,在默默地写稿子。有些人在准备自己的节目,常常在教室的角落里偷偷地排练。还有些人在装扮教室,挂起了红色的彩带,为节日增添气氛。

　　大家期盼已久的星期五终于到来了,教室里变得热闹非凡。冷餐会首先如约而至,桌上摆满了琳琅满目的食物。有味美香甜的鸡翅,有芳香四溢的比萨,还有软嫩滑爽的意大利面,更吸引人的是家长精心烹饪的卤蛋和醉虾,让我垂涎三尺。当老师宣布可以"动手"时,我们一阵欢呼,像饿虎扑食一样,冲向"餐桌",大家狼吞虎咽地大吃大喝起来。品尝完自己班里的美食后,我和陆宇决定去双语部其他班看看。第一站就来到了一年级的教室,我往里一瞧,哇!真热闹!有的吃得津津有味,满嘴流油,有的聊得兴高采烈,喜笑颜开,还有的正在互相嬉戏。每个人脸上都洋溢着幸福的笑容,我们俩也如愿以偿地收获了一些美味!

接下来,我们回到了教室,伴随着新年活动的音乐响起,我们班的主持人,也就是我和其他五位同学走上了讲台,宣布新年活动开始。第一个环节是由我和陈琪主持的表演环节。首先上场的当然是我们全班的诗朗诵了。我们每个人都非常努力,用自己全部的感情朗诵着,尽可能地让观众感受到我们朗读的气势和情感。紧接着,毛启硕和朱进维唱起了全班知名度很高的歌——《THE NIGHTS》。他们唱得如痴如醉,观众也陶醉其中。当他们唱完后,教室里响起了一片掌声,大家都听得意犹未尽。接下来分别是姜皓严的魔术、崔灵恩和张婼馨的歌曲等节目,每一个都非常精彩。其中我最喜欢的是虞哲表演的相声。他的相声生动形象、幽默风趣,让人笑声不断。

第一个环节就这样结束了,我们很快进入了第二幕——游戏乐新年。顾名思义,这个环节就是通过团队合作玩游戏。其中报数字是我最喜欢的。游戏规则是:一个小组和家长一起从1开始报到30,每个人一次只能报一个数,如果两个人同时报数,就要重新开始,哪一个小组能在最短的时间内报到30,哪个组就胜出。我们通过对前两个组的观察,得到了一点小窍门——报数的速度一定不能太快或太慢,节奏要适中。因此,当我们组的游戏开始时,我们相互之间很有默契,没有一次失误就轻松完成了挑战。

最后是我们的心有灵犀环节,由主持人抽取学号,让该学号同学的爸爸或妈妈说出孩子事先写好的回顾2018年的不足和收获以及展望2019年的目标,如果猜对相符的内容,就会得到一只公仔小猪。家长和孩子们都很默契,不愧为心有灵犀。

时间过得飞快,转眼活动就结束了。这个下午不仅记录了我们2018年的欢乐,更让我对新的2019年充满了期待!(2018年12月)

珍爱生命

2018年7月5日，载有127名中国游客的"凤凰号"和"艾莎公主号"在泰国普吉岛附近海域突遇暴风雨，船只发生倾覆并沉没，导致了47人失去生命。

得知这个消息后，我有些迷惑：就因为不在意气象局的暴风雨警告，一定要冒险出海这件事，而导致了这么多人伤亡？出现这种不尊重生命的情况真是不应该啊！如果旅行社不那么贪财，如果船长很负责，又如果游客们坚决不上船，不在这种危险的情况下执意出海游玩，那么这个悲剧就不会发生了。

想到这里，我又想起了我们学校的安全教育平台，每次都会有视频让我们观看并需要完成相应的问答作业。比如说暑假时它会告诉我们要远离水边，不要一个人私自下水，更不能去野外的湖泊或江河等危险水域。因为那些地方水况复杂，有我们肉眼看不见的旋涡和暗流，很容易发生意外。再比如说交通安全，它告诉我们坐车要系好安全带，开车不能打电话，更不能超速，不满12周岁的儿童不能坐副驾驶室，行人过马路要走斑马线。学校还设立安全教育日，有时会举行各种各样的演习。比如消防演习和地震演习等等。所有的这一切正是为了教育我们远离危险，或者当危险来临时，如何用正确的方法应对。

古人云："君子不立危墙之下。"这句话的意思是君子要远离危险的地方。它告诉我们要防患于未然，预先觉察潜在的危险，并采取防范措施，一旦发现自己处于危险境地，要及时离开。

每个人的生命只有一次，它是我们最宝贵的财富，我们应该从身边的小事做起，提高安全意识，保护自己，珍爱生命！（2018年9月）

我的好朋友

我有一个好朋友，他是我的同班同学，我们在一起已经四年了，朝夕相处，结下了深厚的友谊。

他一头乌黑发亮的头发下，一双小眼睛炯炯有神，每当他开心的时候，就会咧开那张大嘴笑起来，眼睛也眯成了一条缝。他还有一对粗壮有力的手臂，每当我们在掰手腕时，他总能靠它打败对手。

他多才多艺，每次相声都讲得风趣、幽默，把大家逗得哄堂大笑。他还会唱歌，歌声洪亮、动听，常常让我们入迷，我觉得也许有一天他会成为一个大明星。他的学习在我们班也是名列前茅，特别是写作，每篇作文都写得生动有趣,让我仿佛身临其境,读起来也朗朗上口。他还是我们班足球队的王牌守门员。在比赛中,他左扑右挡,扑出了很多对方的必进之球,我们今年拿到了亚军的好成绩,他立下了汗马功劳。

他还喜欢主持公道。记得有一次,我们正在玩"大富翁",有两个同学突然激烈地争吵起来,你说你的理,我说我的理。眼看着游戏不能继续了,这时候,他站出来说:"你们别吵了,我也不知道是谁对谁错,但你们可以用猜拳的方法来解决。"我们恍然大悟,我们的游戏这才得以继续。

现在,你们可能已经猜到他是谁了吧!对,他就是我的好朋友——虞哲!(2018年6月)

男孩节

　　男孩节是育华小学所有男孩的节日,我们学校四年级的男生都会过这个节日,因为十岁是一个意义非凡的年龄。这次男孩节的主题是:勇敢、宽容、阳光、担当。这八个字非常贴切地形容了我们育华男孩的气质。

　　这次男孩节,大家都做了精心的准备,每个家长和同学都盛装出席,特别是男生,自信和快乐都写在每个人的脸上。老师们也把会场布置得多姿多彩。在体育馆的走廊上,铺上了蓝色的地毯,每个男孩子的照片旁点亮了一盏灯,会场里也布满了蓝色的气球,营造节日气氛。

　　随着动感的音乐和绚丽的灯光,盛大的仪式拉开了序幕。男孩们在父母的陪伴下一个个登上了舞台,秀出自己的风采。我是本次大会的主持人之一,感到格外自豪,还有一点小紧张。紧接着,精彩纷呈的节目开始了,很快就轮到我们的节目——街舞表演。在候场时,我想:经过十多天的练习,所有的努力都为了这一刻。随着那熟悉的音乐响起,我们的表演开始了,每个人的动作都整齐划一,踏着同样的节奏左右摇摆,我们时而旋转,时而跳跃,时而挥舞双手,嘴里还哼着伴奏的歌谣。台前的照相机和手机不停地对着我们"咔嚓",我感觉台上的我们都是超级巨星。台下的观众也被我们感染了,他们有的在欢呼,有的在鼓掌,还有的在打节拍。音乐停止了,表演也随之结束,全场掌声雷动,我长长地舒了一口气。其他节目也纷纷上演,个个都独具一格,观众看得有滋有味,体育馆变成了一个欢乐的海洋。

这真是一个难忘而值得纪念的日子,我一定会成为一个勇敢、宽容、阳光和担当的男孩。(2018年5月)

顽强的生命

人们常用顽强形容生命，那么，顽强的生命到底是什么呢？

先从我家院子里的金橘树说起吧。去年一场大雪后，金橘树上的叶子全部掉光了，妈妈拿起剪刀三下五除二就把它剪得只剩下一根光秃秃的树干。树干看上去也是干巴巴的，我一直以为它已经死了。没想到，今年春天，一阵春风吹过，它的树枝上又长出一粒粒的嫩芽，焕然一新，到现在已经变得枝繁叶茂了。

还是在这个院子里，一天，我发现一只苍蝇困在了蜘蛛网上，它垂死挣扎，试图逃跑。蜘蛛步步接近，企图把它当作美味的午餐，苍蝇感觉到了死亡的威胁，反而挣扎得更强劲有力。经过它一阵顽强的战斗，它竟然成功地飞了起来，逃之夭夭了。

大家应该知道著名科学家霍金吧。他在21岁时就全身瘫痪，不能言语，只有手部的三根手指可以活动，但他并没有放弃当时研究的课题，仍然凭着强大的毅力，在科学界取得了举世瞩目的成就。

这就是顽强的生命，我感受到了它存在的意义。生命不息，战斗不止。植物和动物都有顽强的生命，更何况我们人类呢！我们也要用生命去努力，为人类创造价值。

（2018年5月）

那些旅行中的满满收获

　　每一次的旅行,所见到的风景,所听到的故事,所遇见的人,总会丰富我们的生活,原来世界比我想象的要大得多。

别有收获的野餐

这是一个春光明媚的早晨，小鸟在枝头欢唱，太阳露出了灿烂的微笑，树枝也兴奋地摇摆着，仿佛在向我们招手呢！爸爸和妈妈一大早就向我和弟弟宣布了一个令人兴奋的消息——去湘湖野餐。

我们一家开着车来到湘湖边，太阳照在草坪上，洒在湖面上，湖水波光粼粼，一条游船从湖水上划过，留下一道道波纹。微风吹过树梢，卷起一阵阵绿色的波浪，夹杂着绿草气息的微风迎面吹入了我的心海里，我们犹如来到了一个天然氧吧。几只小鸟从头顶上划过，发出叽叽喳喳的叫声，好像在唱歌，又好像在向我们打招呼。我和弟弟兴奋地向它们边挥手边喊着:"鸟儿,你好!"待小鸟飞向远处,我们也开始不停地谈笑着,活像两只讨要食物的鸟儿。草坡上点缀了几株小花,有红的、紫的、蓝的,还有白色的,仿佛几颗五颜六色的钻石镶嵌其中。我在草坡上、树林里穿梭着,狂奔着,我张开双臂,感受着扑面而来的微风和温暖的阳光,心中暗暗赞道:多么美妙的天气啊!

到了午餐时分,妈妈已经准备好了各式各样美味的食物,这不禁让我垂涎欲滴。心想:原来野餐也可以这么丰盛啊!正当我们准备大快朵颐之时,老天突然变了脸,天阴了下来,我抬头望向天空,察觉到太阳已经害羞地躲进了云中,天边已经开始有几片乌云迅速地朝我们"冲"来,太阳似乎已经完全失去了它原有的能量,无力地躲在了云的背后。忽然,我感到了一丝凉意,原来是起风了。风越来越大,树枝开始猛烈地摇晃,小鸟们也惊慌地飞走了,小花和小草也都弯下了腰,我心中一震,想:不会是要下雨了吧。我越担心,乌云就越密,风也越刮越大,连铺在草地上的餐布都差点被掀翻。爸爸这才无奈地说:"估计要下大雨了,快点撤吧!"我们连忙收起了快到嘴边的美食,看着这些诱人的食物,我的心情沮丧到了极点,但我们不得不慌张地跑回了车上。

上了车,我正想着:老天会不会在跟我们开玩笑,过一会儿天气还会迅速转晴的。还没等我回过神来,豆大的雨滴已经从天而降了,我和弟弟都沉默不语。窗外的雨越下越大,它浇灭了草坪上原有的生机,也浇灭了我们的好心情。天色渐渐地暗淡下来,让人觉得一片荒凉……我又闷闷不乐地想,这还真应验了那句老话:春天的脸,就像孩儿的面,说变就变啊!

爸爸看到我和弟弟都沉默不语,就对我们说道:"天地万物,每时每刻都在不停地变化,我们要顺其自然,适应这些变幻无常,不要让这些小小的改变破坏了自己的好心情。这次野餐泡汤了,那就下次再来吧!"爸爸的话就这样印在了我的心里,打破了我失落的心情。看着窗外的蒙蒙细雨,我心想:这虽然是一次半途而废的野餐,却也让我收获了一些道理。(2020年3月)

再见了加拿大

我坐在课桌前，望着灰蒙蒙的天空，雨仿佛欲滴又止。绿树在风中摇曳，像是在跳舞，桌上的书摆在面前，每一个字都好像在说："快来读我！快来读我！"但我的心已飘到相隔万里之外的国度——加拿大。

五年级开学不久，我们就跨过重洋，来到遥远的游学地——加拿大。这次游学丰富有趣，那里的住家也和蔼可亲，20天的和睦相处，让我们之间的友谊日增，我每天都过得很快乐。但让我记忆最深的却是那一场让人伤感的离别。

那也是灰蒙蒙的一天，似乎上天也在为这次离别而伤心。从家来到学校的路上，我与住家聊了许多许多。虽然时间很短，但我们仍然非常珍惜这短短的几分钟。来到学校，别的同学都在和他们的住家相拥告别，但我可能是想逃避分离这个事实，竟然拒绝了和住家拍照留念。但是对于这次惜别，我的眼睛里也闪出了泪花，心想，这次再见，很有可能难再相逢，但我一定会记住你们的。来接我们的车已经到了校门口，也正代表着我真的要走了。离开这个住了20个日日夜夜，与住家朝夕相处的地方。我最后对他们说了声"再见"，便疾步上车。这时天上下起了小雨，上天又一次哭了，好像是为这次离别而流泪。我趴在车窗上，向他们招手。车慢慢地驶去，我还想说什么，但又止住了，车渐渐驶远了。

杜甫曾经写道："远送从此别，青山空复情。几时杯重把，昨夜月同行。"是啊，什么时候我们才能再相会呢？再见了加拿大，再见了！这令我快乐了20天的土地。再见了，我会记住这个美丽、宁静的地方！（2020年1月）

旅行让生活更美好

古人云：读万卷书，不如行万里路。旅行为我们带来了快乐，旅行也让我们领略了风格各异的美景，旅行还让我们学习到了其他国家的文化和历史，可以说是一举多得啊！

我很喜欢旅行，每到假期，我和我的家人都会格外享受到处旅行的美好时光。欧洲、美洲、亚洲……世界各个角落都留下了我们美丽的足迹！

在意大利，我们参观了罗马历史悠久的建筑，而令我最记忆犹新的，是那雄伟而古老的圆形古罗马竞技场。一大早，从四面八方赶来的游客在这竞技场前拍照参观。它的城墙已经损坏，墙上还有几个像门一样的石洞，看起来很古老，但十分高大，这不禁让我联想到古罗马时期建造竞技场的8万名俘虏。不知道他们花了多少汗水和时间才建造出这么雄伟的建筑。我又从导游那里得知，竞技场是可以用来观看比赛的，当然不是足球或篮球比赛，而是角斗比赛。我又联想到斗士们英勇奋战的样子与获胜者喜悦的心情。古罗马竞技场让我更加了解了古罗马的运动和文化。这些，我从书中可从来没有读到过，只有身临其境，才能切身体会到它的宏伟雄壮，感受到建造的艰辛。

在日本的北海道，我们尽情眺望密布在雄伟山脉上的壮观云海，我们还在那里学会了滑雪。那逶迤的大雪山上，一片雪白，放眼望去，像是一片白色的海洋。我和弟弟从山顶飞速往下滑，手臂朝后，犹如一只雄鹰在天空翱翔。风从脸庞飞过，那种畅快的感觉，只有穿上雪板，才能体会明白。雪地里，到处回荡着我们的欢笑声……

在迪拜，我们在金黄色细软的沙漠中翻滚，嬉戏；在澳大利亚，我们与可爱的袋鼠、温驯的考拉互动，玩耍；在美国，我们在迪士尼和环球影城的游乐场里尽情玩乐……还

旅行让生活更美好

有很多很多的地方,我们都感受到了旅行的快乐。旅行让

我的生活更美好！我爱旅行!(2020年1月)

寻找黑松露

黑松露、鹅肝、鱼子酱被欧洲人称为三大美食。其中我最喜欢的是黑松露。那么，你们知道它的味道和样子吗？以前，我也只吃过黑松露，但并没有看到过它真正的模样。这次在意大利，终于有机会见识它的真面目了，因为我们有一个有趣的活动——寻找黑松露。

我怀着兴奋的心情参加了这次活动，同时也有许多疑问在心头：黑松露长在哪里呢？怎么找呢？我想等我们去了那里，就知道答案了。

我们坐着酷炫的越野车，开在野路上，来到了山中的小树林里。有一名猎人，带着一只可爱的小狗已经在那里等候多时了。我打量了他们一番,猎人是一个中年的意大利男子,50岁左右,黝黑发亮的皮肤,一双粗糙有力的大手里,握着一把特别的工具,和镰刀长得很相似,我想大概是用来挖黑松露的吧。猎人身边蹲着一只小狗,全身是棕色的卷毛,一双乌黑发亮的小眼睛好奇地盯着我们,好像在说:"这些人是谁呀?"猎人告诉我们它的名字叫"调皮男孩"——虽然它是一只母狗。猎人还告诉我们很多知识:"黑松露一般长在地下5—10厘米的地方,并且会在松树的树根附近,一般会用狗或猪来寻找,但猪很有可能会一口把它吃了,毕竟是一个'吃货',所以更多会用狗去寻找。"我一边听一边想:有这么一个经验丰富的猎人,应该很好找黑松露吧!他又接着说:"寻找黑松露的狗从小要吃松露,熟悉它的味道。但当它2岁时找到第一颗黑松露时,要换饼干喂它,预防它以后找到黑松露也直接吃了。"

猎人介绍完,一边叫着狗的名字,一边说"Go! Go!""调皮男孩"先在原地打转,嗅来嗅去,不停地搜索着什么,似乎在犹豫不决,过了一小会儿,才在旁边的一棵大树下,找了个地方用爪子开始刨起来。猎人赶紧跑过去,果然,

"调皮男孩"找到了第一颗小黑松露。我接过猎人手里的黑松露，端详了起来，心想：这就是黑松露呀！像一块毫不起眼的小黑炭。不过，狗鼻子真灵啊，那么快就找到了。猎人仿佛知道我在想什么，他说："别小看这么小一块黑松露，可值不少钱呢，市场上要卖500欧元一千克呢！"我这才知道它原来有这么昂贵呀！"调皮男孩"不停地上蹿下跳，向主人讨吃的，猎人喂给了它一块饼干，可它好像还是不满足，猎人只好无奈地又给了它一块。它果真是一只调皮的小狗！过了一会儿，我们跟着小狗来到了一个山坡上，我捡了一根木棍当拐杖艰难地沿着山坡滑了下去，却意外"惊险"地追上了它。这时，"调皮男孩"突然非常兴奋地在一块石头底下刨了起来，猎人急忙冲上去，拉住了它，再用手十分小心地去挖。突然他兴奋地大叫起来，虽然我们听不懂意大利语，但也知道一定有大收获了。我赶紧凑过去，只见他手里拿着一颗乒乓球大小的黑松露，一脸得意之色。我一把抢了过来，闻了一下，真香啊！心想：今天的午餐一定可以大饱口福了，用这么大的黑松露做的菜肴一定美味可口，我不由得咽了咽口水。

后来，"调皮男孩"带着我们，又陆续找到了好几块黑松露，真是收获颇多。我摸了摸立了大功的"调皮男孩"，并与它和猎人一起合影留念。当我们依依不舍地和他们告别时，透过车窗，他们的身影渐渐地消失在茂密的丛林里……我会再见到你们吗？我想。(2019年8月)

那一片雪

我坐在教室里，望着窗外，啊！真的下雪了，雪越下越大，越来越密，白茫茫的一片，雪花飘飘洒洒，把我的思绪带到了遥远的北海道……

那年寒假，爸爸妈妈带我和弟弟到北海道游玩，那里给我留下了许多的回忆。其中，我记忆最深刻的是第一次滑雪。

记得那天我们来到滑雪胜地——星野度假村，在那里爸爸给我们请了一个教练。我们到前台领了自己的所有装备，我拎了拎我的两只鞋子，好沉，顿时感觉胳膊都要断了。穿上它，更是麻烦，我们折腾了好一会儿才穿了进去。

但刚穿上去,又有了新的问题——我们走路时太笨拙了,仿佛随时会摔个跟头。最后,我们终于跌跌撞撞地走向了滑雪场。我头上戴着头盔,脚下穿着滑雪板,双手握着雪杖,全副武装起来,随时准备开始训练。

我们一走进滑雪场,放眼望去,一座座高山在滑雪场边缘起起伏伏,阳光照耀在雪地上,让人觉得有一种仙境般的美感。不一会儿,天上竟飘起了雪花,雪越来越大,远处的高山变得隐隐约约,好像要跟我们捉迷藏呢!一转眼,太阳又从云里探出头来,把阳光洒向雪地,雪地反射出了几道金光,给寒冷的滑雪场增添了一丝温暖。

教练把我们带到了一个坡上,我迫不及待地想滑下去,可是教练把我拉了回来。他让我们在原地学习基本动作。他首先让我们向前滑,我模仿着他的样子,用雪杖一撑,用力往前滑。可是滑得太快了,停不下来,还好教练反应快,帮我停住了滑雪板。然后,他就开始教我们怎样"刹车",他告诉我们要让双腿形成三角形。我学得很快,但我弟弟就滑得不太好,停不下来,有时还会摔个四脚朝天,我和弟弟都哈哈大笑。练完基本功,教练就带着我们往下滑。首先，他让我们滑两下，停一下，教练话音刚落，我就像出膛的炮弹，飞快地往下滑，然后及时停住，接着，一会儿滑行一会儿停住，我做得很好，还受到了教练的表扬。滑到了山脚下，有一个传送带会把我们再"运"回山顶。后来，教练又教了我们一些新动作，有时让我们滑一下，跳两下，有时滑一下，走五步。当我学会了转弯，在雪地上转来转去的时候，我觉得自己就像一只雄鹰在蓝天上翱翔……

　　不知不觉，两个小时就这样过去了，教练要和我们说再见了，我们仍意犹未尽。当我们恋恋不舍地离开滑雪场时，我心想：下次一定还要再来这里滑雪。

　　"丁零零……"上课铃声打断了我的思绪，窗外的雪还在下个不停，我要准备上课了，希望下一个北海道滑雪之旅早日到来。（2018年2月）

游黄山

"五岳归来不看山，黄山归来不看岳。"久闻黄山风景名胜，这次我慕名而来，观赏它的奇丽景观。

坐着缆车，缓缓向山腰驶去，看见几丝清流像水蛇似的从山间涌出匆匆而下，一棵棵松树长在山坡上，伸长手臂，向远道而来的朋友们招手，尽显出它们的热情。

大约过了15分钟，缆车停下了，原来已经到了山腰。我们几个小孩活蹦乱跳地下了缆车，一阵清风吹过，甚是令人心情舒畅，果然是天然氧吧。走在平稳的石级上，从高处往远处望，白云、松树、巨石、水流、缆车，形成了一幅巨大的画卷，而我似在这幅画卷中漫步。走着走着，便来到了迎客松,远远地看,它像一个热情好客的主人正迎接宾客呢!我躺在巨石上,看着天上飘浮不定的云,好像触手可及,又望向山壁上奇形怪状的巨石,有的像动物,有的像工具,还有的甚至像足球……真所谓,你看它像什么它就是什么,真奇妙啊!

我们开始攀登莲花峰,它是黄山风景区第一高峰,为三十六大峰之首,海拔高达1864.8米。从远处看,它如同一朵莲花仰天怒放,故得此名。我们一步一个脚印地往上走,随着石级越来越陡峭,地势也显得越来越险峻。但我们丝毫没有胆怯,还与前面的大部队喊起来:"1、2、3,加油……"在响亮的口号声鼓舞下,我们越爬越快。望着触手可及的山顶,并不像在山脚下时望之兴叹,于是我们更加坚定地往上爬。经过一个又一个陡峭的石阶,我们很快便来到了山顶。从山顶上俯视其他峰,感觉自己高高在上,别的山峰都被我们踩在了脚下,这让我想起了那句诗——会当凌绝顶,一览众山小。当我们再一次望向登山的人群,人们变得像蚂蚁那么小,一阵冷风掠过山顶,顿时有一种"高处不胜寒"的感觉。

这次黄山之旅就此落下了帷幕,我们用汗水换来了莲花峰上的美景,徐霞客在游记中写道:"莲花峰居黄山之中,独出诸峰之上。"这次,我不但领略到了黄山奇丽的风景,更享受到了征服莲花峰的成就感。(2019年5月)

刺激的水上乐园

　　这个暑假，我们一家来到澳门度假。在我们入住的酒店里面，有一个巨大的水上乐园。第二天下午，爸爸就迫不及待地带着我们去体验这座刺激的水城。

　　一到那里，就看到很多人躺在游泳圈里，悠闲地漂浮在清澈见底的水面上。我们三个人在工作人员的指引下，也各自拿了一个游泳圈，如饥似渴地跳下了水。我坐在游泳圈上都能感受到一丝清凉，瞬间消去了夏日的炎热。这里真是个避暑的好地方。

　　随着水流漂出去不久，我突然发现了一个透明的管道。我们也潜了进去，想看看管道里到底有什么好玩的。

在管道的旁边还有一些像珊瑚一样的树木,给这个绿色的乐园增添了不同的色彩。

一开始,水流很慢,就像平静的小溪。但越到后面,水流就越来越湍急,甚至起了大浪,就像波涛汹涌的大海。湍急的流水是从一个大石洞开始的,石洞末端有一个大瀑布,坐在游泳圈上,一定会被大水淋到,我想到了一个躲避大水的好办法:跳下游泳圈,潜进水里。我把泳圈顶在头上,用脚打水,快速地游向瀑布。到了瀑布前,我猛地吸了一口气,潜入水中。在水下,我还能听到瀑布的水流溅到水里的声音,就像一场暴雨倾盆而下。

又过了一会儿,我们来到了最刺激的水上滑梯。我和我的弟弟排好了队,准备坐滑梯。那里有三种滑梯可以选择,分别是绿色的"绿野仙踪"、紫色的"穿越时空"和橙色的"极速之旅"。我坐上了"绿野仙踪",滑了下去。一开始,出现了一条透明的玻璃管道。顺着管道往下,我的眼前昏暗了,但还能感觉到快速的水流冲入水中的刺激感。不一会儿,一丝亮光射入我的眼睛,我预感到快要落水啦!迅速憋住气,果然一股力量把我重重地推入水池中。

到了漂流的最后阶段，水流上面有一些会射水的喷头，它们连成一片，让我们很难躲避。我们只好再一次潜入水中，感受着这些"水雷"的"轰炸"。

这个水上乐园真是既刺激又好玩，让我恋恋不舍、意犹未尽……（2018年8月）

游尼亚加拉大瀑布

这个暑假，我们一家去加拿大游玩，我最难忘的就要数尼亚加拉大瀑布了。

一开始，导游带我们坐车去看大瀑布。刚到那里，我们只看到了小瀑布，所以感受不到瀑布的雄伟。导游告诉我们这并不是真正的大瀑布，而是属于美国境内的小瀑布，所以我和弟弟给它取了一个名字，叫"尼亚加拉小瀑布"。车继续前进，循着哗哗的水流声，我们很快看到了真正的尼亚加拉大瀑布。在车上，我们远远地看到因瀑布落下而溅起的浓雾，这壮观的景象让我和弟弟异口同声地发出了惊叹声。

在车上我们简单看完了尼亚加拉大瀑布，又坐上了直升机欣赏大瀑布的壮丽景观。一上直升机，我的心就开始跳得飞快，因为我有点急不可待地想从上空俯视大瀑布。飞机缓缓地升了起来，不一会儿，我们就来到了大瀑布上空。我看见河流很平静，但到了某个地方，河水变得湍急起来，河流出现了一个马蹄形的缺口，河水垂直落下，形成了巨大的旋涡。这让我想起了李白在《望庐山瀑布》中所说的"飞流直下三千尺，疑是银河落九天"。我在直升机上听到了河水撞击巨石的响声，好像猛兽在咆哮。

坐完直升机，我们依然意犹未尽，所以导游又带我们去乘船。刚上船，每个人都会收到一件红色的雨衣，船上瞬间变成了红色的海洋。船慢慢地往前行驶，不一会儿就来到了小瀑布，还未完全过小瀑布，我们已经被淋得全身湿透了。不一会儿，我们很快来到了大瀑布前，就在这时，我看到了一条彩虹，那座彩虹桥"搭"在大瀑布上面，真是一处奇妙的景观。没过多久，我们感觉到了大瀑布的水汽，水汽浓密得连眼睛都睁不开，用倾盆大雨来形容也不为过。船通过这段水汽，继续驶向大瀑布，我们很快就被瀑布所包围了。我抬头一看,河水飞流而下,就像是从天上直接倒下来似的,船上的游客都发出了一阵阵的惊叹声。

　　船慢慢地往回驶去,我回头望那被抛在身后的大瀑布,心想:是不是上帝创造了这个巨大的瀑布？大自然真神奇!(2017年9月)

南丫岛的沙滩城堡

你知道南丫岛的"沙滩城堡"吗？那要从这次五一小长假说起，我全家和我的小伙伴Louis一家来到香港度假。

在一个阳光明媚的下午，我们登上了去往南丫岛的渡轮。在船上从窗户往外看，碧蓝的天空中，几只雄鹰在展翅翱翔，船只在平静的大海里缓缓地前行，翻起了一阵阵白色的浪花。阳光照射在海面上，海水波光粼粼，让我感觉像是来到了仙境，美不胜收。

大约半个小时的船程，我们就来到了南丫岛的码头。一下船，海风就迎面扑来，令人心旷神怡。远处有三根大烟囱，是岛上的标志性建筑。我们看完岛上的地图，就直奔目的地——洪圣爷沙滩。

　　来到沙滩边,我们迫不及待地脱掉鞋子,冲向海边。在太阳的照射下,沙子有点发烫,但一伸进海水,又会感到阵阵清凉。弟弟首先提议说:"我们来搭城堡吧。"我们几个当然拍手叫好。于是,我们开始分工,我负责指挥,弟弟运沙,Louis负责建造。他先在离海水很近的地方搭了一个金字塔形的城堡,称作"主堡垒"。这时,一个海浪冲了过来,我们一阵惊呼,刚想保护它,可是海水已经把它淹没了。于是我们讨论了一番,决定建一个"冲锋堡垒"来挡住海浪,保护"主城堡"。可是如果海浪太凶猛怎么办呢?Louis想到了"大禹治水"里的办法,他说:"我们可以挖掘渠道让海水分流。"这招果然有效,海浪不能再对"城堡"造成任何冲击了。我们看着自己的杰作,充满了成就感,还特意邀请妈妈来拍照留念。

　　这就是南丫岛的"沙滩城堡",它是我和小伙伴们的作品,不知道它能在海边支撑多久……(2018年5月)

可爱的小红蟹

寒假里的一天，我们全家人到澳门的一家日本餐厅吃中饭，餐厅的经理送给我和弟弟四只小红蟹，我们俩感到很惊喜。

拿到螃蟹后，我们仔细打量起来。它们的大小和火柴盒差不多，颜色也有很多，有橘色的，有红色的，还有黑色的。它们有八只脚和两只大钳子。但我发现，有些小红蟹的脚少了几只，我猜测是它在打架时不小心被其他小红蟹钳掉了。

我们把小红蟹带回了酒店，我拿手指去摸它们，它们立刻举起钳子，就像威武的大将军，所以我们就给小红蟹取了四个有趣的名字:其中最强壮的叫"张飞",一只壳小的叫"赵云",一只黑色壳的叫"关羽",另外一只叫"刘备"。

后来,我们决定对小红蟹进行训练,它们学会了"倒挂金钩"和"飞檐走壁"等,我们还把它们放在床上,螃蟹会爬到床边,像蹦极一样跳下来,而我们用塑料盒一个个把它们接住。然后,我们在另一个塑料盒里装满水,把螃蟹们都放了进去,弟弟说它们好像在海底漫步呢!

我们和小红蟹玩得很开心,晚上睡觉弟弟都把它们放在床头。这几只小小的螃蟹给我们带来了很多快乐,虽然我很舍不得,但我们还是决定把它们放回了大海,因为它们属于那里。

我会想念你们的,小红蟹!(2017年2月)

那些和运动相关的日子

运动好像有一种特别的魔力，它教会我团结、坚持、努力、不怕输……

我的心愿

篮球是我最喜欢的运动。每天,我都刻苦训练,不断地提升自己的球技。每次离开球场时,我仍然意犹未尽。而关于篮球,我有一个不小的心愿,这个心愿却说来话长……

在遥远的北美洲,有一个强大的篮球联盟,它云集了来自世界各地的篮球顶尖高手,这个联盟就是 NBA(美国职业篮球联赛)。而联盟里面的金州勇士队是我最喜欢的球队,没有之一。其中的一个队员,他叫斯蒂芬·库里,更是我心中的偶像。库里小时候身体又瘦又矮,但他从来没有放弃过,每次都努力训练,坚持自己的理想,从一个不被人看好，一直受人质疑的瘦弱小子成了NBA超级巨星。就这样，我爱上了他和他的金州勇士队。

2015年春天，库里率领他的金州勇士队闯入总决赛，遇上了拥有三巨头的克里夫兰骑士队。库里用他熟练的运球与快速又精准的投篮屡屡建功。他和他的队友血战六场，终于拿下了NBA总冠军！这可是库里NBA生涯的第一座总冠军！我兴奋地在电视机前手舞足蹈、欢呼雀跃，连续几天都兴奋不已，甚至在睡梦中都能梦见库里捧起奖杯的场面，仿佛夺得总冠军的不仅是金州勇士队，还有在家中上蹿下跳的我。

时间来到2018年夏天。一天早晨，爸爸兴高采烈地向我们宣布一个大好消息："库里和他的金州勇士队要来中国打比赛了！而且我已经买到了观看比赛的门票啦！"我一听到这个消息，便一蹦三尺高，挥舞着双手，兴奋地绕着爸爸跑了不知道多少圈，心里像灌了蜜一样甜，嘴咧得如同一朵绽放的荷花，久久都合不拢。来到球馆，我一眼就盯住了我偶像，他开始努力投篮，弹无虚发，让我看得目瞪口呆。比赛场上，他也靠着精湛的球技和丰富的比赛经验统治了全场。我看得如痴如醉,直到比赛结束,我还是在一步三回头中,依依不舍地离开球馆。

2019—2020的新赛季又开幕了,过去的五年中,库里和他的勇士队夺得了三次总冠军,在这个新的赛季里,我也对他充满了期待。但不幸的事情还是发生了,库里在一次比赛中受了严重的伤——左手骨折。看着电视中他满脸痛苦的样子,我的心也沉到了海底,仿佛有无数的针扎入我的心里。我默默地祈祷,希望他能战胜伤病早日回到球场上。我也坚信,顽强的他一定会王者归来。

一场突如其来的疫情暂停了NBA比赛。看不到比赛,看不到库里的我,心中总觉得空落落的……现在,也该到了揭晓我的心愿的时候了,那就是去旧金山的大通中心——勇士队主场,现场观看库里的精彩表演,最好是一场总决赛,如果能和我的偶像再合个影那就更妙了……希望这一天早日到来!(2020年4月)

难忘的加拿大小球友

一个快速的身影从球场上闪过，他飞快地运球，连续晃过数人，像一道闪电似的冲向篮圈，一个轻巧的挑篮，把球送进篮圈，大家都与他击掌庆祝，这就是我的外国小球友——Bradley。

Bradley是一位南非裔的加拿大小孩。身材高挑而又强壮，一张格外立体的脸上有一双独特而又炯炯有神的眼睛，就像镶嵌着的两颗宝石般明亮，他的头发是特殊的金黄色，陪衬着他那雪白的皮肤，在阳光的照射下，隐隐闪着光。他常常穿着灰色的短裤、短袖，一眼就能看出他是一个喜欢运动的人。

那一年遇见他时,是我随学校游学团来到遥远的加拿大萨德伯里。他是我住家的小孩,跟我年纪相仿。更让我惊喜的是他跟我一样都是小篮球迷,他每周都会有两到三次的篮球集训,而我也趁机跟着他一起去偷师。每一次训练,他都十分刻苦认真,最让我记忆犹新的就是第一次和他一起去集训了。

记得那天,天空中飘起了绵绵细雨,我们一来到球馆没做任何停顿就开始了训练。他连热身运动的每个动作都十分标准,仿佛一个机器人。没过一会儿,我已经靠着墙喘粗气了,但他虽然已经汗流浃背,可依旧在标准地做着动作,没有一丝松懈,我不禁心生佩服,Bradley真刻苦啊!同时我也暗下决心要向他学习,一定不能停下!于是,在他的影响下,我也认真地活动起来。

那天动作训练结束后,教练把大家召集起来说:"我们最后来一场对抗赛,要把动作都用起来!"听到这个消息,我很兴奋,这可是我在国外的第一次篮球对抗赛啊!比赛随着哨声开始了,Bradley展现出超强的组织能力,一而再,再而三地助攻我和队友得分。可是对手的火力也一点都不逊色，连续进攻我们的内线得分。而当我们缩紧内线时，他们又不停地传球打乱我们的阵脚，连续得分。半场结束，双方平分秋色，得分不相上下。下半场开始时，我的体力有些不支，但看到 Bradley 连续突破内线得分，帮助我们队咬紧比分，我仿佛又一次受到了鼓舞，也在对方的内线不停地制造威胁。比赛快结束了，对方执行一次进攻，他们耐心地传球，找到一个良好的机会快速出手，可是篮球弹框而出，Bradley 拿到球飞奔起来，脚下仿佛踩着风火轮似的，无人能挡住他的去路。他冲到篮下一个挑篮，时间停下了，我内心有一个声音在呐喊着：一定要进啊！一定要进啊！球在空中画出一道完美的弧线，滚入网窝。裁判的哨声响起，比赛结束了，我们赢了！我飞一般地冲了上去，与 Bradley 击掌庆祝，大声喊道："好样的！"我们拥抱在一起，不停地喊着跳着，仿佛是一对已经久经沙场的老战友。

时隔两年，他闪电般绝杀上篮的场景，依旧时常在我脑海中浮现，他的刻苦训练和超强的比赛组织能力也让我历历在目，在那儿短暂的几周游学，我们朝夕相处，互相切

磋球技,也将这份友谊永远地刻在了我的心里。(2020年

3月）

三招打篮球

在运动场上,我虽然不是十八般武艺样样精通,但还是有几样拿手的"小本事",其中最拿手的要数打篮球了。

篮球可是我从幼儿园就开始练习了。如今,我有三招,可谓是克敌制胜的法宝。第一招:后撤步投篮。顾名思义,就是在突破的过程中,突然后撤再投篮。不晃倒对方,也能让对方失去重心。第二招:欧洲步。欧洲步是欧洲人率先开始使用的过人步伐。三步上篮时,进攻球员先向右迈一大步,让防守球员以为你要突右边,再突然用另一只脚向左边迈一步,这样就可以成功晃开对手,上篮得分。第三招:突破抛投。这一招是以小打大最常用的招数。突破后如果发现前面挡了一个大个子,就调高抛物线让球空心入网。

在球场上,这三招给予我很大的帮助。

有一次,校队出去打比赛。开场不久,我们就尝到了对方的威力。他们左冲右突,频频得分,很快便领先了。我们这时才开始反击,全队打出了漂亮的配合,追上了比分。上半场结束,双方战平,真是一场势均力敌的比赛啊。进入下半场,比赛依旧十分胶着,我心想:怎么办?我们一定要赢!看来我要使出必杀技了!于是,我开始发威。首先,我面对防守球员突然一个后撤步中投,稳稳命中,然后又抢断了对手,欧洲步突入禁区,抛投再取两分。这记精彩的进球赢得了观众的满堂喝彩。最后,我又投出了一记三分球,球在空中画出了一条美妙的弧线,洞穿网窝,全场沸腾了。我就这样连得七分,帮助球队赢得了比赛。

如今,我依旧刻苦训练我的篮球"绝技",我相信,我的拿手绝招还会让我赢得一场场更加精彩的比赛。(2019年12月)

盼

"球进了！……4∶2,比赛结束了,法国队又一次捧起了大力神杯!"解说员兴奋地喊道。我紧盯着屏幕,眼中放光,这是我第一次看足球世界杯。看到法国队获得奖杯时,我心中也很兴奋,但也在思考:中国队什么时候能拿世界杯冠军呀!

从此,我只要看到足球赛,就会想:中国队什么时候能拿世界杯冠军呀!

"武磊加盟西甲的西班牙人了!"我的伙伴在教室里宣传着这个好消息。我此时的脑海里又闪过一个想法:武磊是全队的希望,他一定可以带队夺冠的!

"武磊打入了西甲首球!""打入西甲第二球!"武磊在西甲的表现越来越好,我也因此成了他的球迷,几乎每周,我都要向伙伴们询问西班牙人的表现。

盼望着,盼望着……

机会终于出现了——世界杯预选赛到了!

教室里,足球迷全都把精力聚集到中国队的表现上了。

"你知道吗? 中国在分小组时,分到了上上签!"

"真的吗? 那太好了!"我兴奋地叫道。

其他同学听到了,都围了上来,有的说:"怎么啦?"有的说:"中国队好像与关岛分在了一组。"还有的说:"关岛好像输过十几球呀!"我越听越激动,心想:难道中国这次真的会赢世界杯吗? 真希望这是真的,如果中国拿到了冠军,我一定会一蹦三尺高的。

这几天,我都在打听中国队的战绩,不出我所料,世预赛,2胜1平,在小组排名第2,只要以后几场都赢,就肯定能进世界杯。我时不时想到这个辉煌战绩,就热血沸腾!

中国队在辛苦、努力地训练,在球场上奋勇拼搏,一个

个进球在我脑海中闪过,夺冠的希望也越来越大……我一直这样期盼着!(2019年11月)

甜

甜是一个象形字，舌头触到甘露，才让你感到甜味。生活中也有很多甜，但有种甜是用你的心品味到的。

在最令人激动的校绿超联赛上，同学们都努力为班级争光，挥洒着汗水在球场上奔驰。半决赛，我们班遇见了实力强大的四(2)班。我看着队友，想：对方可是去年的冠军，张安琪更是金靴奖得主，我们一定要小心谨慎！抱着"必败"的紧张心态，我与队友登上了球场。守门员更是无比紧张，一边抖动着，一边喃喃自语。随着裁判一声哨响，比赛开始了。对方不愧是冠军队，踢起球来游刃有余，对我们奋力展开围攻。而我们只有防备之功，却没有丝毫反击之力,仿佛我们只是待宰的羔羊。但是,我们没有气馁,每个队员都全力以赴。这时,我们的守门员获得了一次球门球的机会,教练对"门神"小声嘀咕了几句。只见他瞄准对方球门,大腿发力,一个"大脚"开出,球像一颗出膛的炮弹,直奔对方球门。对方守门员猝不及防,球进了。"啊!哇!"球场边传来了惊叹声和欢呼声。我们都冲向守门员,互相击掌,互相拥抱,庆祝这粒神奇的进球。最后比赛结束了,裁判宣布我们进入了决赛。同学们一个个手舞足蹈,好像跟打了兴奋剂一样。我也异常亢奋,心里比吃了蜜还要甜。

不仅在球场上的胜利能让我感受到"甜",学习上的成功也能带给我"甜"的享受。

紧张的期末考试来临了,同学们刻苦复习,都想拿到高分。考试开始了,学生们一拿到试卷就开始奋笔疾书,恨不得一下子全部解答完。考场里十分安静,只能听到同学们写字的"唰唰"声。在这种环境下,我的心更加紧张了,仿佛有十五个吊桶正在打水——七上八下。3个小时很快就过去了,同学们欢呼雀跃地从教室里冲了出来,犹如从紧张的学习阶段直接跨入了愉快的寒假。尽管所有题目我都会,但又生怕自己不够仔细,考得不理想。过了几天,终于到了揭晓分数的时候了。我怀着期盼的心情踏入教室,同时也有一点小小的紧张。结果,我数学拿到了全年级第一,满分!语文也取得了96分!我心中那块大石头,终于落了下来。太棒了!我在心中暗暗叫道。这时,我的心里也有一种甜滋滋的感觉。

甜味是美好的,但俗话说:"先苦后甜。"所以我们在享受甜味之前都要先努力,这样才能从苦后得到最美好的甘甜!(2019年11月)

我喜欢玩魔方

"咔嚓，咔嚓！"这是什么声音，原来是程子朗在玩魔方。他手指灵活，魔方在他手中舞动着，旋转着，让周围的"吃瓜群众"无不发出阵阵惊叹。当程子朗拼完时，教室里更是响起了一片赞叹声。就这样，我竟然也爱上了玩魔方。

一个国庆假期，我在家中一边看教程，一边练习魔方，终于从对魔方一窍不通的"无名小卒"变成了略知一二的新手。一到空闲时，我就手握魔方，转来转去，渐渐地越来越熟悉，完成的速度也越来越快。

回到学校，同学们竟然人人手握魔方，而且魔方各种各样：有二阶的，三阶的，还有三角形的！一到下课，教室里就传来魔方"咔嚓，咔嚓"的声音。陆宇神情凝重，仔细观察着像金字塔一样的魔方，左右旋转，不时还露出微笑，仿佛找到了一个突破口。毛启硕一手拿着二阶魔方，一手拿着公式。一边对照一边迅速地转动魔方，很快就拼了出来。而最最紧张、刺激的是我与程子朗之间的魔方大赛。我们都手握魔方，仔细观察，随着"裁判"一声令下，我们俩一齐开始转动魔方。魔方在我的手中快速转动，很快就超过了程子朗的进度，眼看局势大好。突然，我好像掉入了一个陷阱，不管用什么公式，都不能达成目的。我心急如焚，却越急越乱，像一只热锅上的蚂蚁，程子朗就这样拿下了比赛。

拼魔方是一个有趣而又可以挑战困难的游戏，它带给我成功的喜悦，鼓励我永不放弃，也成了我的伙伴。我喜欢玩魔方！（2020年1月）

一场难忘的橄榄球赛

这是一个阳光灿烂的日子,我们期待已久的学院橄榄球赛终于开幕了。我们学校双语部的每个人都热血沸腾起来。操场四周被四大学院的标志所包围,它们分别是凤凰学院、龙学院、人马学院和秃鹫学院。黄、橙、蓝、绿四种学院服在翠绿的操场上显得格外艳丽。

我们每个学院都被分为两组,分别是五年级的 A 组与四年级的 B 组。比赛一开始先进行两组的小组赛,经过了几场激烈的争夺,决出了四强,我们组也顺利地进入了半决赛。

半决赛的第一场比赛,和我们相遇的是 B 组的

Phoenix。我们都信心满满，认为我们能够赢得这场"内战"，因为他们是四年级的队伍，我的弟弟就是他们的队长。比赛刚刚开始，我还能冷静应对，可打了一阵子，由于我们迟迟不能得分，我开始变得焦急起来。我不停地越位，并且动作也变得越来越大，也更加用力地Touch对手。裁判虽然多次提醒我，可我并没有听进去。过了不久，我的弟弟在5米线附近成功达阵，帮B组Phoenix得分。比分落后，让我更加焦急不安。我开始放弃团队合作，一个人单打独斗。可是依靠我一个人始终是无法打穿对手的防线。渐渐地，我泄气了，跑动也不积极了。最后，15分钟结束了。B组Phoenix赢了。可我们还是不服，向裁判申诉，但没想到竟然申诉成功。裁判判定比赛进行加时，我们又一次获得了机会。加时赛中，我们队依旧打得很急躁，无法得分，而对方却越打越流畅。后来，又因我们防守失位，对手再次得分，我们彻底输掉了比赛。我失望极了！因此愤愤不平，我开始发脾气，把场面弄得很糟糕。最后，我们队又因为我的不冷静连续输掉了下一场比赛，只取得了第三名的成绩。

　　这真是一场难忘的橄榄球赛！通过这次比赛,我学到了团队合作的重要性,而在比赛中能控制好情绪,让心情平静下来也很重要。即使比赛输了,也不可以输掉风度。特别是身处逆境时,更加要沉着冷静,充满斗志,才有可能反败为胜。(2019年4月)

学会宽容，学会面对事实

这是一个阳光明媚的早上，是一节由英语老师——Mr.Phillip上的体育课，我们都很兴奋和期待，因为这节体育课的内容是足球比赛。

我们早早地拿上自己班的"黄金足球"——这是我们在全明星赛上的战利品。跑到操场上，大家分好队后开始摩拳擦掌，都想着要击败对方，为自己队立下汗马功劳。

我安排了一下我们队员的位置，可仔细一看，我们队没有合适的前锋人选，于是，我这个后卫就当上了前锋。

比赛开始了，我们队首先开球。经过几分钟的比赛，对方拼抢实在凶猛，我们无计可施。于是大家开始着急了,姜皓严凶狠地把陆宇铲倒在地,陆宇的队友怒发冲冠,不停地骂姜皓严,我也觉得姜皓严的动作幅度有些过了,这只是一场足球比赛,是踢球而不是踢人。

过了一会儿,我们掌握了场上的局面,不停地威胁着对方的球门。这回轮到他们着急了,或许是因为陆宇被铲倒的缘故,当我控球时,虞哲一把把我推倒在地。我顿时怒火中烧,从地上跳了起来,刚想冲他发火,可我脑海里出现了另一个声音:"虽然他那么用力地把我推倒,可他是我的同学呀,在足球场上为了赢得比赛,大家都会心急,姜皓严刚刚也铲倒了他的队友。在竞技比赛中肯定会有对抗的。"于是我冷静下来,继续投入比赛。

最后,这场比赛我们输了。但对我来说,通过这次比赛,我学会了对人宽容,学会了以平常心面对事实,接受比赛失利的结果。(2017年11月)

那些不着边际的想象

我想用天马行空的想象给平凡的生活装饰上彩虹，所有的剧情都可以出现在人们的大脑里……

世界上最后一个人

世界上最后一个人，坐在一个小屋子的黑暗角落。突然间，他听到了敲门声……

哈利静静地坐着，脑海里回想着发生的一切，窗外的废墟上没有任何生机。一艘宇宙飞船的残骸正冒着火花，一棵高大的松树随意地"躺"在地上。外面的一切都十分荒凉，而这一切都是他的几个错误选择导致的。

两年前，第100个航天器在火星登陆，就在航天器靠近基地时，航天器爆炸了，空气从基地中泄漏，人们急忙穿上宇航服准备撤离。哈利在地球上接到这个消息，便当机立断，决定炸毁基地。他不希望火星人拿到基地的机密，但这个选择却更加激怒了他们。炸弹在触碰到火星的一瞬间，火星上的火山全部爆发，一朵朵蘑菇云遮住了天空，火星人经历了几个月的漫长"黑暗期"。从这时起，火星人与地球人之间的平衡被打破了，火星人开始反扑。

在一个月明人静的夜晚，一架UFO降落在宇宙管理局门前，他们是来谈判的。在会议谈判期间，气氛一直十分紧张。火星人提出的一条条赔偿要求反复回响在他的脑海中。当使者读完这些条件后，哈利一下子站了起来，对使者怒吼道："我们是不会赔偿的，这并不是我们的错！"随后便送走了他们。

火星总统怒火中烧，立即下令：派所有飞船编队袭击地球。防空警报拉响时，哈利才知道自己犯下了一个滔天大错，他连忙躲进了防空防护屋，只听见外面炮声不断，其声响震天动地，喊杀声也连绵不断，黑烟漫布在世界各个角落……

哈利又望向了窗外，尸横遍野的土地上，一片荒芜，他第一次感受到了绝望，他在心中暗暗地骂着自己，是他带来了这一切。就在这时，敲门声响了起来，他吓了一跳，全身开始不停地颤抖。他缓缓地走到门前,小心翼翼地打开门。又是那位火星使者,他开口便说道:"人类是那么愚蠢啊！你们为了自己的利益,伤害他人,却没想到也害了自己。"他顿了顿又说:"如果你们没有这样做,这一切也不会变成这样。"说罢便转身离去。哈利的眼中流下一滴眼泪,这是后悔、无助、悲伤的眼泪,这也是人类最后的一滴眼泪……(2020年4月)

2050年的一天

清晨,正当我在美梦中遨游,机器保姆在"睡眠机"外喊了起来:"主人,起床啦! 今天是2050年的6月1日,所有商店全部打折,您今天预定了去购物。"我揉了揉眼睛,打开睡眠机,机器保姆递上了纳米科技套装,我开始选择衣服,套装上面有各种各样的按钮,想要什么风格直接碰触按钮就可以一键搞定,今天穿什么呢? 哈哈,那一定是要有儿童节元素的,我便选了一套卡通主题的衣服,我照了一下镜子,嗯,真不错!

选择好心仪的服装,我顺手在床头拿了一片自动刷牙片,含在嘴中,刷牙片就自动变出了丰富的泡沫,一股清新香甜的滋味在嘴里蔓延，很快牙齿就变得"一尘不染"。机器人保姆又递来了可以变形的鞋子，我点了一下按钮，鞋子的颜色一下子变成了蓝色，脚一套进去，鞋带自动就系上了。

吃过早餐，按照预定计划，我今天要去未来科技商城买一点节日礼物。准备出发了，我来到了隐形门前，手一伸，门便像魔法一样消失了。一辆自动驾驶的汽车已经打开门在等候了，这辆车完全使用太阳能，无须任何燃料就可以行驶100年，特别环保。车内还装置了电视机和Xbox游戏等设备，游戏全部是4D真人版，让我在路上可以尽情娱乐一下，哈哈，太爽了。

来到未来科技商城，所有来购物的人都走向一块操作平台，上面你可以随意选择要购买的物品。我买了许多食品和一个最新的全息影像手表。使用虹膜识别付款后，一架自动驾驶取货飞机把所有买来的物品从商店中取来送到了我面前。我提着物品，吹着口哨来到一家餐厅。餐厅中都有机器人与飞行无人机服务，这时我的朋友给我打来了电话，手表直接用全息影像把对方投到了椅子上。这个全息影像和真人简直一模一样,仿佛他们就坐在我的面前。我们愉快地交流着,时间过得真快,转眼就该回家了。

回到家中,一只机器狗从沙发上蹿了出来扑到我身上,我连忙抱起它,拿出了电能饼干喂给它吃。我看着它津津有味的样子,突然想让它换个样子,于是我搜索了一下狗狗的分类,噢,拉布拉多不错,于是我按下了学习键,瞬间它就变成了一只拉布拉多犬,哈哈,果然是百变机器狗!

晚饭时间到了,厨房的烧菜机器手做出了人间美味的牛排和薯条。当美食端上桌,餐桌上的显示屏便会出现这次用餐的食物营养成分,这可以让我合理地搭配饮食。这时爸爸和妈妈回来了,他们乘坐着空中巴士来到了家门前的草坪上,随后用指纹扫描进入了屋子,也一起加入了我的晚餐。

时间过得好快,又到睡眠时间了,此时睡眠机上显示出了五颗星,上面写着"今日评分——6月1日",我满意地点了五星,心想:愉快的一天就这样结束了!随后便进入了甜甜的梦乡……(2020年4月)

蜘蛛侠变形记

阳光从窗外照进来，我醒来了，一下子翻身下床，直奔我的"乐高大型基地"，去看昨晚刚完工的"蜘蛛侠"。

突然，房间外传来脚步声，我想：谁会一大早就上楼玩呢？我打开房门，定睛一看，不由得大吃一惊。一个身影正在房顶上走来走去，我小心翼翼地走进去，发现新搭的乐高蜘蛛侠不见了！我又抬头看，果然，房顶上的正是蜘蛛侠！

我惊呆了，刚想开口，他却先说话了："嘿！兄弟，我们出去散散步吧。"我一边点头，一边断断续续地说："好……好啊！"

刚一出门,突然听到一位老奶奶在喊:"谁来帮帮我!"我们走过去一看,原来是她的猫卡在了树上。我想:多一事不如少一事。于是转身就想拽着蜘蛛侠走。没想到,蜘蛛侠停了下来,快速四"脚"并用爬上了树。他温柔地抱住小猫,小心翼翼地将它解围,又慢慢地爬了下来,将猫递给了老奶奶。老奶奶连声道谢,并请我们吃了她亲手做的蛋糕。

离开时我悄悄地问:"蜘蛛侠,这位老奶奶跟你素不相识,为什么要帮她呢?"蜘蛛侠抬头,望着天空,说:"帮助别人,不仅能让别人受益,自己也会感到很开心。你刚刚不觉得快乐吗?"我认真地听着,他的话就像珍珠一样落入了我的心间。

不知不觉,我们走到了一条小河边。这时,我们听到有人在大声呼喊:"救命啊!救命啊!"我们对视一眼,迅速跑到河边。原来是一位小朋友,不小心滑进了水里。蜘蛛侠二话没说,直接鱼跃入水,抱住小孩。他伸出手掌,向岸边的大树发射了"独门武器"——蜘蛛丝,只听"嗖"的一声,他俩就安全地飞上了岸。他的妈妈边道谢,边检查小孩的身体。我看到这位小朋友无碍,心里比吃了蜜还甜,原来帮助别人的感觉这么好。我又想起蜘蛛侠的话,果然,帮助别人也可以让自己快乐。

回到家,我就开始看报纸,上面的头条就是我们救小孩的事迹。我连忙跑去找蜘蛛侠,想把这件事告诉他,但是他此刻已经是一个乐高,躺在我的课桌上了呢。今天,我真是受益匪浅,帮助他人,可以让大家都得到快乐,蜘蛛侠的话让我终身受益!(2019年10月)

月满中秋

"小时不识月,呼作白玉盘。又疑瑶台镜,飞在青云端。"中国古代的诗人们真有才啊,把我描写得如此美妙。人们还给我取了各种好听的名字:玉兔、婵娟……每到中秋时节,我就变成万众瞩目的焦点。

今天,又是我的节日,我精心打扮了一下,早早地爬上了枝头,迫不及待地等着夜幕的降临。我低头一看,千家万户都闪着明亮的灯火,家人欢聚在一起,一边谈笑,一边用餐,很是热闹。在机场和火车站,也有川流不息的人群,拖着行李匆匆忙忙地往家里赶。马路上的人也渐渐地少了,很是冷清,我想,大概人们都已经回家团圆了。

在千千万万的家庭中,有一户人家最有趣。他们已经吃完晚饭。大人们在屋内聊天,几个小孩,从屋子中走出,在空旷的平地上转来转去。他们在干什么呢?其中一个男孩从背后拿出了一个空瓶子,走向草丛边。哦!原来他们要抓蛐蛐呀!我看着他们,发现在漆黑的夜晚,他们根本看不到蛐蛐。我努力转动身体,把光明照向他们。他们抬头用感激的眼光看看我,我不由得暗暗自得。小孩们蹑手蹑脚地边听着声音,边靠近蛐蛐的"基地"。这时,蛐蛐们仿佛受到了惊吓,直接跃到了他们的腿上,小孩们一阵惊呼,四处逃散。哈哈!原来是一群胆小鬼呀!我看到此景,不禁捂着嘴,笑了起来……

饭后,人们陆陆续续地来到了马路上,院子中,户外变得热闹起来。他们对着我不禁发出了惊叹:"哇!好圆的月亮呀!"大家又举起相机,拿出手机,纷纷对着我拍照。我感觉自己仿佛是一个大明星,倍感自豪,于是,把更多的光洒向了人间。在异国他乡,人们也从屋内跑到户外,一

边赏月,一边吟诗:"海上生明月,天涯共此时。"此时此刻,

他们的亲人们也正遥望着我,我默默地把他们彼此的思念

传递给了对方⋯⋯(2019年9月)

蚱蜢变形记

我家后面有一座山，那是我童年的乐园。山上到处有蚂蚁、蚱蜢、蜻蜓和蝴蝶。我常蹲在一个地方，看绿色的蚱蜢。它停在绿色的叶片上，一动不动，我也一动不动。有时忍不住伸出手，想抓住它，还没等我靠近，它一蹬腿就跳到老远的草丛中了。

有一次，我躺在一块大石头上晒太阳。不知不觉睡着了，一睁眼，突然发现自己成了我熟悉的那只蚱蜢！我一动不动地蹲在叶片上，看着一片片绿油油的草地，我惊恐的心渐渐平静下来。一阵阵微风吹过，我感到无比惬意。这时，我听到了同伴们的声音："一年一度的蚱蜢田径赛就要开始了,快来报名!"我很好奇,一下子就跳到了赛场,心想:以我的速度,一定能拿下冠军。这时,同伴们都用惊奇的眼光看向我,我又想:难道我又变回了人的样子吗? 突然场边爆发出响亮的称赞声:"这就是传说中的'翠绿大将军'呀!"我微微一愣,回头看了看自己,碧绿的身子,粗壮有力的大腿,一双大大的翅膀,果真是同伴们所说的"翠绿大将军"呀! 我的自信心暴涨,脸上露出了得意的微笑。很快,我就在长跑、跳远、跳高等项目中拿下了冠军! 我很是骄傲、自豪,场边的同伴们不时响起排山倒海的掌声和此起彼伏的欢呼声。

突然,地面微微一震,又响起了公鸡的鸣叫声,大家一下子惊慌起来。公鸡高昂着头,像一只怪物朝我们走来。同伴们一齐往草丛中跳,跑得慢的,就被大公鸡尖利的嘴给刺穿了,成了大公鸡的美味午餐。我跳入草丛,惊魂未定。待公鸡饱餐离开后,我才跳出来晒晒太阳,平静一下惊恐万分的心。这时,又从旁边传来嬉笑声,我还没反应过来,一个"如来佛掌"就把我压在了五行山下。我听着这熟悉的笑声,从手指缝中向外看,惊奇地发现,罩住我的人，竟然是我亲爱的弟弟——周昊梵呀！他小心地把我拿起来，我疼得有些喘不过气，但又无能为力，只好乖乖地让他把我关在窄小的瓶子里。我待在里面，像是一个囚犯，感觉很不好受。我安静下来，不再挣扎，开始左思右想，终于想出了一个完美的逃脱办法。我在瓶子里假装由于没有空气，昏厥过去。周昊梵果然上当，迅速把瓶盖打开。我借此机会，用上全身的力量，跳出了瓶子。我回到了同伴们的身边，告诉他们刚刚的经历。我渐渐地困了，躺在草丛中，睡着了。

醒来时，太阳已经偏西，快要吃晚饭了，这时我看到了身旁的"翠绿大将军"，它正用炯炯有神的眼睛盯着我，我笑了……（2019年10月）

金色花

假如我变成一株金色花，我会藏在草丛里，与同学们捉迷藏，让你们找也找不到。你们要是不来找我，我就在风中嬉笑，庆祝我的胜利。

当你们走在小道上，我会努力散发出芬芳，让你们陶醉，但并不知道那是我。

当你们自顾嬉笑打闹，我会让小雨来滋润我。当你们狼狈不堪跑回去时，我却在微笑着吸收雨露。

当你们趴在草丛中阅读，我会故意用自己的阴影遮住你们的书页，轻轻呼吸，吹乱你们的纸张与思绪。

你们肯定猜不到是谁在捣乱，当你们懊恼地咒骂，我却在草丛中偷笑。

当你们想要与我玩耍时，我一声不吭，在万花丛中让你们四处寻觅。你们望着广阔的草坪，很是失望，而我又用舞姿庆祝我的胜利……

傍晚，放学了，你们忘了我，各自与伙伴们欢笑着走出校园。我看着，既悲伤又喜悦，总算等来了宁静，我渐渐地睡去了……

当早晨，你们又想起我时，一边分头寻找一边大喊："嘿，你在哪里啊?"

我被你们从睡梦中唤醒，心中窃喜道："又要来找我了，可你们知道我藏在哪儿吗?"（2019年3月）

金色花

155